斎藤之幸

西郷大久保稲盛和夫の源流 島津いろは歌

明治維新の原動力となった
薩摩・島津藩の郷中教育。
その精神的支柱であった
「島津いろは歌」は、
神・儒・仏三教の神髄を取り入れ、
実践的躍動的に人倫の道を説いた。
その精神は、現代にも
連綿と生き続けている。

出版文化社

西郷　大久保　稲盛和夫の源流　島津いろは歌／目次

いろは歌

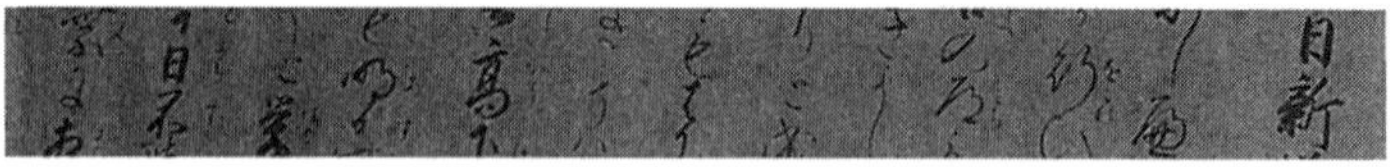

二十三、む　むかしより道ならすしておこる身の天のせめにしあハさるはなし　131

二十四、う　うかりける今の身こそハ前の世と思へはいまそ後のよならん　137

二十五、ゐ　亥にふして寅にはおくといふ露のみをいたつらにあらせしかため　144

二十六、の　遁るまし所をかねて思ひきれときにいたりてすゝしかるへし　149

二十七、お　おもほえすちかふものなり身の上のよくをはなれて義を守れ人　155

二十八、く　くるしくと直道をゆけ九折のすえハくらまのさかさまの世そ　161

二十九、や　やはら倶といかるをいはゝ弓と筆鳥にふたつのつはさとをしれ　166

三十、ま　萬能も一心とありつかふるにみはしたのむな思案堪忍　172

三十一、け　賢不肖用ひすつるといふ人もかならすならハ殊勝なるへし　177

三十二、ふ　無勢とて敵をあなとることなかれたせいを見てもをそるへからす　183

三十三、こ　心こそいくさする身のいのちなれそろゆれハいき揃ハねはしす　188

三十四、え　回向にハ我と人とをへたつなよかん経はよししてもせすとも　194

三十五、て　敵となる人こそハわか師匠そとおもひかへして身をもたしなめ　199

解説

島津家中興の祖、日新公小伝

あとがき

島津氏系図

- 忠久（初）― 忠時（2）― 久経（3）
  - 久経 ― 忠宗（4）
  - 久経 ― 久長（伊作家祖）
- 忠宗（4）― 貞久（5）
  - 貞久 ― 師久（6）（薩摩）― 伊久（7）
  - 貞久 ― 氏久（6）（大隅）
    - 氏久 ― 元久（7）
    - 氏久 ― 久豊（8）― 忠国（9）
- 忠国（9）
  - 友久（相州家祖）― 運久 ＝ 忠良
    - 忠良 ― 貴久（宗家15代をつぐ）
    - 忠良 ― 忠将
    - 忠良 ― 尚久
  - 立久（10）― 忠昌（11）
    - 忠昌 ― 忠治（12）
    - 忠昌 ― 忠隆（13）
    - 忠昌 ― 勝久（14）＝ 貴久（15）
  - 久逸（伊作家8代をつぐ）― 善久 ― 忠良（日新公）（相州家3代をつぐ）
- 貴久（15）
  - 義久（16）
  - 義弘（17）― 家久（18）― 光久（19）― 綱久
  - 歳久
  - 家久
- 綱久 ― 綱貴（20）― 吉貴（21）― 継豊（22）
  - 継豊 ― 宗信（23）
  - 継豊 ― 重年（24）― 重豪（25）― 斉宣（26）― 斉興（27）
    - 斉興 ― 斉彬（28）＝ 忠義（29）（久光長子）……
    - 斉興 ― 久光

いろは歌

扉写真／島津運久《よきひさ》・忠良会見図（部分、尚古集成館所蔵）

一、いにしへの　道を聞《きき》ても　唱《とな》へても　わが行ひに　せずは甲斐なし

『昔の聖人や賢人の教えを聞き、学び、暗唱しても、それを自分の行いとして実践しなければ価値がない。』

薩摩島津家中興の祖とも言われる島津忠良《ただよし》（日新《じっしん》公、一四九二〜一五六八）の『いろは歌』第一番である。

いにしへの道、とは昔の聖人や賢人の教える道という意味だ。それをいかに学んでも行動に現さなければ学んだ価値がない、というのである。

この思想は朱子学で説くところの「先知後行」説か、あるいは陽明学で言うところの「知行合一」の教えであろう。

朱子学
南宋の朱子らの学説。儒教主義を主張し道徳主義的な教説。理気説を中心思想とする。日本でも江戸時代に官学となった。

陽明学
王陽明が唱導した儒学の一派。人の心は生まれながらにして理であると説く心即理や致良知、知行合一の説などに特色がある。

日新公の時代にはまだ陽明学思想は日本に入ってきていないが、すでに桂庵玄樹《けいあんげんじゅ》という著名な禅宗の僧によって、朱子学を中心とする儒学思想は薩摩にもたらされており、公も桂庵の弟子、舜田《しゅんでん》や舜有《しゅんゆう》からこの思想を十分に学んでいる。

そのような背景からすれば、公のこの思想の根拠は朱子学にありということになるが、私はむしろ陽明学思想に近いのではないかと思っている。なぜなら公は学問の徒としての学者ではなく、その前に武将であり人民を治める統治者であるからだ。

実は陽明学も、本来武人であり政治家である王陽明が、朱子学等の儒学思想を基にして打ち立てた儒学の一派である。儒学も行動する武人、実践する政治家の手になるとこうなるのかと思うほど、実践的現実的な理論が展開する。

おなじ武人であり政治家である日新公が、学んだ儒学朱子学思想を自己の実体験や知識の上において理解し、理論づけ、実践しようとすればどうなるか。

必然的に王陽明の理論と実践に近似、もしくは同化してくるとしても

桂庵玄樹
臨済宗の僧。中国に渡り帰朝してから、島津十一代藩主忠昌に招かれて薩摩に入り、儒学を講じて薩南学派の基を作った。

舜田、舜有
共に桂庵禅師の学風を継ぐ禅僧で、特に舜有は日新公に接すること多く、公の思想形成に大きな影響を与えた。

王陽明
明の政治家であり軍人。実際の行動原理に即さない朱子学に疑問を抱き思考の結果、心即理の境地に達し陽明学派を立てる。

少しも不思議はなかろう。

『い』の歌は、そんな公の境地の現れと見てよいのではなかろうか。

やがては陽明学思想も薩摩に入ってくるが、後の薩摩藩の武士道の根本には、日新公や王陽明の思想が色濃く入っており、この思想を抜きにしては、幕末にあって幕府を揺り動かす直接行動に出ようとした島津斉彬《なりあきら》、さらにはあの西郷隆盛や大久保利通らに代表される薩摩人独特の行動原理は理解できない。

それでは陽明学でいう「知行合一」とは何か、朱子学で説く「先知後行」とどう違うのかについて見てゆこう。

まず朱子学でいう「先知後行」説とは、文字通り知ることが先にあってその後で行動を起こし実践する。つまり正しい知識を学んだならそのままにはせずに、学んだことをもって行動を起こすべし、そうすれば間違うことはないという教えである。

それに対して王陽明は知ることと行うことは一体であると説く。すなわち先、後という別々のものではなく一体であり、知ることは自然と行動を伴い、行動は自然と知ることに結び付く。そうあらねばならないと

島津斉彬
幕末の薩摩藩主。啓蒙君主として西郷や大久保らを登用し藩政改革を行い、集成館を設立して殖産興業にも尽力した。

西郷隆盛
明治維新の元勲。後述する迫田利済や名伯楽斉彬公に見いだされて自己の道に開眼。斉彬亡き後二度も島流しにあったが、ますますその思想不動のものとなり、人格も磨かれてやがて藩政に参画、大久保とともに明治維新達成に重要な役割を果たした。「敬天愛人」のほか後世に残した思想的影響は計り知れないものがある。

大久保利通
同じく明治維新の元勲。久光公の知遇を得て藩政に参画、西郷島流しの間も後述する精忠組をまとめて藩内に勢力を得、倒幕運動に活躍。西郷とともに明治維新成功に尽力した。後に征韓問題で西郷と対立。西南戦争で西郷らを倒したが、翌年暗殺される。西郷とはあたかも車の

いうのだ。

先知後行では知ることと行うことは別々だから、その間には諸々の思慮も入り込むだろうし、躊躇も雑念も損得の感情なども生まれるかもしれないが、知行合一ではそれらが入り込む隙間もなければ余裕もない。自然とその行動は純粋になる。

陽明学者大塩平八郎が幕末の動乱期直前に起こした無謀と言ってよい騒動とか、陽明学に精神を鼓舞された三島由紀夫の自衛隊での演説の後の割腹自殺など、思慮分別を欠いたとしか思えないような行動も、そのような論理から考えると納得がゆく。

陽明学精神に裏打ちされた西郷や大久保ら若い薩摩藩の純粋な情熱と、吉田松陰《しょういん》の指導を受けた高杉晋作《たかすぎしんさく》らやはり若い長州藩の純粋な情熱が手を組んで、維新の大事業を成し遂げたことは周知のとおりである。

付記するなら、その吉田松陰も実は陽明学の大御所、佐藤一斎《いっさい》や佐久間象山《しょうざん》らによってこの精神の薫陶を受けている。

このように見てくると、公の精神や王陽明の精神があの激動の幕末にあって、維新を達成させる原動力となり、欧米列強によって侵食されよ

両輪のごとくであり、片輪ではやはり無理があった。

大塩平八郎
江戸後期の陽明学者。大坂町奉行の悪政に憤慨して乱を起こしたが失敗、自決した。

三島由紀夫
昭和の小説家。文壇に不変の地位を確保したがやがて右傾化し、自衛隊に乱入して割腹自殺した。

吉田松陰
幕末の思想家、教育者。海外密航に失敗した後、松下村塾を開いて名伯楽ぶりを発揮、高杉や久坂ら数多の人材を育てた。

高杉晋作
松下村塾生として松陰の薫陶を受ける。後に奇兵隊を組織して大いに幕府軍を破ったが、維新を目前にして病没。

佐藤一斎
江戸末期の朱子学者にして陽明学者。佐久間象山や横井小楠、

うとした日本を救ったとすら、言えるのかもしれない。
西郷や大久保らが学んだ藩校造士館《ぞうしかん》に下された藩主、斉彬公の訓令の中に「たとえ数万巻の書を読み暗唱しその道の達者になったとしても、実行が伴わないのでは何もならない。それでは日新公いろは御歌の趣旨にも反して恐れ入る次第である」とある。
西郷の『遺訓』にも、例えば「聖賢の書を読みその事柄を知りても少しも益なし。（中略）聖賢の書を空しく読むのみならば人の剣術を傍観するも同じ」などのように、公の歌の精神に基づいた思想が散見される。
公の『いろは歌』の精神は、陽明学の行動力と相まって、後年西郷や大久保らを動かし維新の大仕事を成就せしめた。

吉田松陰、西郷隆盛らに影響を与えた。

佐久間象山
幕末の思想家。儒学や蘭学を学び開国論を建言。門下に勝海舟、坂本龍馬、吉田松陰らがいる。

造士館
薩摩藩の正規の藩校。郷中教育とともに薩摩藩子弟教育の二本の柱である。

二、ろ

楼《ろう》の上も　はにふの小屋も　住人《すむ》の
こゝろにこそハ　たかき賤《いや》しき

『いかに立派な宮殿に住んでも、粘土で作ったようなみすぼらしい家に住んでも、そんなことは高貴か卑賤《ひせん》かの尺度にはならない。貴と賤を分けるのは心にこそあるのである。』

楼の上とは貴人が住む宮殿のような豪華な家を言い、はにふ（埴生）の小屋とは粘土の壁で作ったような粗末な家を言う。「埴生《はにゅう》の宿」と同義語である。

人の価値というものは豪華な住まいや立派な衣服、持てる財産などによって決まるものではない。清らかな心や優しい心、正しい心を持っているか否かによって決まるものだ、と日新公は教え諭してくれるのであろう。

ところでこの「心」に関連して、朱子と王陽明の説くところを少し見てみよう。

朱子は、人の心は性と情に分かれるとし、情はとかく欲に流れやすいのに対して、性は純粋であり、仁を中心として義礼智信の五常が正しく保たれており、即ち理であるとして、これを「性即理」と呼ぶ。

「理」とはものごとの正しい道、道理のことだ。

一方、王陽明は心を分けることはなく、人が本来自然に持っている素直な心（本性）のままに行動すれば、それがそのまま「理」であるとして「心即理」を説く。

朱子も王陽明も、この「理」を行うことが聖人の道であるとも言う。

聖人の道とは善政を行ったとされる中国伝説上の聖天子、堯《ぎょう》帝や舜《しゅん》帝のように人々のためを思い人々のために行動することである。日新公の言う「心」を、朱子の説く心のうちの「性」や、王陽明の説く「心」に結び付けて考えてみると、もう一つ深い意図が見えてくる。

朱子
南宋の儒学者、朱子学の中心人物。道徳主義的であり理気説を中心思想とする。

堯帝、舜帝
ともに中国古代の伝説上の聖天子。よく天下を治め、人民はその徳に服したという。

すなわち、人が本来持っている自然で素直な心を大切にし、その心を持って理、つまり聖人の道を行うべし。そうであってこそ真に楼の上に住む資格のある高貴な人と言える、ということである。

つまり、単に清らかで正しい心とか優しく思いやりのある心というだけでなく、道理を行うための心、特に積極的な行動を伴う陽明学的な心こそが、真に求められる『心』であるということである。

日新公の活動した時代は戦国乱世である。守護、島津家の支配する九州南部でも十一代忠昌の亡き後、十二代忠治、十三代忠隆、十四代勝久（忠兼）ともに年若かったため諸豪族はその統制に服さず、群雄割拠の状態であった。

加えて相良《さがら》氏や伊東氏など近隣の大名たちも島津領に食指を動かしていたし、さらには分家である薩州島津家の当主実久が宗家を我がものにしようと勝久に迫るなど、まさに風雲急を告げるといったありさまである。

このような状況を脱し、島津宗家の支配力を強め、戦乱を鎮めようとした勝久の要請に応じて日新公（忠良）は活動を開始する。

相良氏
藤原南家の出とされ、鎌倉時代に肥後国人吉荘の地頭となり戦国大名に発展。

伊東氏
やはり藤原南家の出。初め伊豆国伊東荘に住み、後に日向（ひゅうが）国に土着した。

性即理、心即理、日新公は人として本性としての「心」に導かれるままに「理」、すなわち道理を行うことを決心したのであろう。

日新公は仏教にも帰依し、僧俊安《しゅんあん》に師事して禅を学び、後には剃髪《ていはつ》し法衣《ほうえ》をきて日常を送ったくらいだから、仏教道徳も十分に身につけていたようだし、合戦での戦死者は敵味方の区別なく手厚く供養して、供養塔を建てるなどもしているから、公の言う『心』には清らかさや優しさの意味も当然あるのであろうが、乱世はそれだけで道理の大望を実現できるほど安易な時代ではない。

そこにはやはり、行動力を伴った『理』の実行がなければならなかったのであろうし、またそのことが、日新公の行動を支える思想的バックボーンにもなっていたものと思われる。

そして、この『ろ』の項にはもう一つ、表面の身分に捉われてはならないという教えがあることにも、注目しなければならない。

すなわち、高貴か卑賤かを分ける尺度は心にあるのであってその他にあるのではないとなれば、当然身分の高低にあるのでもないということになる。楼の上の高い身分とされる者も埴生の小屋の低い身分とされる

俊安
日新公の母が再婚する相州島津家の菩提寺、禅宗の常珠寺住持。公に禅の道を教導した師である。

者も、それはうわべだけのこと。本当の身分の高低は心の中にこそある、と解釈されるからである。

一般には、他藩に比して身分関係、主従関係がことのほか厳しいとイメージされる薩摩藩において、幕末維新時の身分低き者たちの活躍がむしろ他藩より目立ち、それが藩の為政《いせい》者たちに容認されているのも、単に政略上の理由のみではなく、日新公の思想の延長とも理解できるのではないかと思う。

つまり君臣道徳を重んずる朱子学の思想による身分関係、主従関係の厳しさと、高い理想を掲げて行動しようとする者たちを軽んずることのできない陽明学的気風とが混在しての、薩摩藩気質ということである。

西郷の『遺訓』にも、〝道を行うに尊卑貴賤の差別はない。堯帝や舜帝は天下の王として万機の政治を執《と》り給《たま》えども、其《そ》の元は教師。また孔子は至る処で用いられず身分低きまま世を終え給えども、三千の弟子は皆その道を行いし〟という趣旨の訓話がある。

斉彬《なりあきら》公が西郷など有為の人材を大いに抜擢して活躍させたのも、久光《ひさみつ》公が西郷や大久保を中心とする精忠組《せいちゅうぐみ》と称する若者たちに反感を感じ、

遺訓
戊辰戦争の後、西郷の温情ある処置に感激した庄内藩の人たちが西郷隆盛から聞いた話を集成したもの。

久光
幕末の島津藩主忠義の父。前藩主で兄の斉彬の死後、実子の忠義が藩主になるに及び国父として藩政の実権を握り、国事に活躍した。

精忠組
西郷や大久保らの朱子学、陽明学の勉強会であったが、次第に藩内での発言権が強まり、藩論を動かしてゆくようになる。

時には突出した者たちを弾圧しながらも、全体としてはその行動を是認し大業を成さしめたのも、日新公以来のこの思想の故かもしれない。

三、はかなくも　明日《あす》の命を　たのむかな　けふも〳〵と　学ひをはせて

『当てがあるわけでもないのに明日の命を頼りにして、今日もなになに今日もなになにと理由を付けては学ぼうとしない。』

明日も生きていられるという保証があるわけでもないのに、そんなものをあてにして今日は用事があるから明日に、また今日は都合がつかないから明日にと、明日を頼りにして今日学ばない、そんなことでどうするか、と叱咤《しった》してくれている。

私たちはややもすると今日のこれからにおっくうになってしまい、明日に期待して延ばしてしまう。明日になれば明日になったでまた、だら

けてしまったり雑用に追われたりで肝心のことは再びおっくうになり、明日に期待して延ばすことになる。

こんなことの繰り返しで、ついには期限が来てしまったり試験当日になってしまったりということになる。そんな失敗を何度か繰り返せばいいかげん反省して改まりそうなものだが、怠け心とはなかなか心地よいものらしく、そう簡単には改まらない。いや改めようとしない。

それもこれも明日という日が必ず来るものとの安心感があるからであろう。日新公はその気持ちのカナメを指摘し、「明日が必ず来るとの保証がどこにあるのか、明日の生などという不確かなものを信頼して大事業が成ると思うか！」と叱咤してくれるのだ。

「武士道というは死ぬことと見つけたり」というよく知られた言葉が佐賀藩に伝えられる『葉隠《はがくれ》』にある。その後に「毎朝毎夕改めては死に改めては死に、常住死に身になりて居る時は武道に自由を得、一生落ち度なく云々」と続く。

武士道を極めるとは死を覚悟することから始まる。毎朝生きて毎夕死ぬ。明日はない。その日一日だけが一生である。そのように覚悟ができ

葉隠　佐賀藩に伝わる武士道の書。武士としての道、イザのときの覚悟などについて情熱的躍動的に説く。読んで爽快になる書である。

て人生を送るとき、人はかえって自由な精神を得ることができ、一生を過つことがない、というのだ。

また「端的只今の一念より外はこれなく候、一念一念と重ねて一生なり。ここに覚え付き候へば外に忙しき事もなし」ともある。

明らかなことは、ただただ今を一筋に思って努める外にないということ。今を一筋に今を一筋にと重ねて一生。ここに悟り至ったならばもはや外には心忙しく迷うこともない、ということである。

やはり、今の一念、今の一念と努めてその積み重ねが一生であるという。人生何十年としてもその何十年があらかじめ保証されるものではなく、今、今、今が偶然に積み重なっただけのこと、というのだ。

そうであれば「はかなき明日」などを当てにし頼りにすることが、いかに愚かなことかが自明の理となろうし、明日に頼らず今日学ぶべきは今日学び、今日行うべきは今日行う精神に目覚めなければなるまい。

電気通信事業の自由化に伴い、純粋な民間企業としてただ一社ＤＤＩを立ち上げて孤軍奮闘の末に成功に導いた京セラの総帥・稲盛和夫氏は、京セラ創業時に「今に、この原町一の会社にする。次は中京区一にする。

稲盛和夫
昭和七年鹿児島生まれ。京セラ、ＤＤＩの創業者。鹿児島の風土に育ち、日新公から西郷、大久保と伝わる精神的土壌を受け継ぐ。氏の唱える哲学は壮大でありかつ繊細で、現代の企業家に大きな影響力を持つ。

それができたら京都一にする。京都一になったら、日本一にする。そして、次には世界一だ」という目標を従業員に向かって公言。

そのためには「今日一日、一生懸命に生きれば明日は自然に見えてくる。明日を一生懸命に生きれば、一週間が見えてくる。一カ月一生懸命に生きれば一年が見えてくる。今年一年一生懸命に生きれば、来年が見えてくる。見ようとしなくても、見えてくるのだから、瞬間瞬間に全力を傾注して生きることが大切だ」と語りかけていた。

稲盛氏は後に、「まわりの者みんなが、会社を成長させるためには戦略性が必要だ、目標を立てて具体的な計画を作るべきだと言う。その日を生きるために精一杯だった私は、ただその日を一生懸命に生きることが将来につながるとしか言いようがなかった」と語る。

今の一念、今の一念と真剣に生きると明日が見え、一週間が見え、一年が見えてくるというのである。端的只今、一念一念と重ねて一生とは、実はこのような意味なのかもしれない。今日一日を一生とする覚悟があれば明日に対する雑念が消える。先を見る目から曇りが消える。雑念も曇りも消えた澄んだ目をもってするならば、なるほど先はきれいに見えてくるだろう。

学問においてはもちろん、事業においても人生においても同じであろう。「毎朝毎夕改めては死に改めては死」ぬことこそが、成功への正道であり王道であるようだ。

ただし〝あせるべからず〟と、王陽明は門弟が記録した彼の言行録とも言うべき『伝習録《でんしゅうろく》』の中で諭す。今日の一日一日を大切に思い今日学ぶべきを今日学ぶのはよいが、あせるなよ、と言うのだ。

「学問修行はあたかも濁水を蓄えるようなもの。早々すぐに澄みわたるものではない。日にちをかけて次第に澄み定まるものである。ただひたすら学問修行に励むべし」と。

学ぶことは知識や経験を自己の中に蓄えることだ。蓄えられた知識経験はやがて澄んだきれいな「知恵」に昇華《しょうか》するのだが、初めはいろいろな知識や経験がただ混濁しているだけ、知恵に昇華するにはそれなりの時間がかかる。今日に一念を込めて学ぶとも、あせるべからずということである。

伝習録
王陽明と弟子たちとの問答集。弟子によって編纂され、陽明学の入門書として広く読まれている。

四、に

似たるこそ　友としよけれ　交《まじハ》らハ
われにます人　おとなしき人

『自分に似ている者こそ、友とするにはウマが合ってよろしいけれど、しかし積極的に選んで交わろうとするならば自分より優れた人、大人らしく人格の練れた人がよい。』

「おとなしき人」とは大人らしき人ということであり、人格の練《ね》れた人といった意味である。

友にするなら自分と同程度の者の方が近づきやすいし、交わっても楽しいものだ。だから自然に任せるなら、ほとんど例外なく同レベルの者を選んで友とするだろう。

だがそれだけではいけないと日新公は言う。そういう友も有って良いのだけれど、それだけでは自分の向上が期待できないと言うのだ。

誰だって自分の向上を願わない者はいない。そうであるなら自分より才能なり識見なりが勝る人、人格の優れた人とも交わり友となろうと心掛けるべしと諭すのである。

諭してくれる意味内容はよくわかる。理論的には間違いなくそうだろう。しかし私たちにはそれなりの自尊心がある。現実にはこの自尊心が邪魔をして自分より高いレベルの者を認めたくない。低いレベルの者を友として、よりいっそう心地よい自尊心にくすぐられていたいと思うのが心理であり本音のようだ。

私もそんな凡人の一人だった。良き友を、と思ってもそんな人物が現れると妙な対抗意識を燃やしてしまう。

まずいなーと思っても本音が勝手に動いてしまう。結局せっかくの得難い友を逃してしまうのだが、そんなことを繰り返すうちなんとなく開き直ってきた。

いいじゃないか、友は同レベルでも下のレベルでもいいではないか。

そのかわり師と呼べる人、先生と呼べる人を探して見つけてその人と交わるようにしようと思うようになった。

日新公とて同レベルの者と交わってはいけないと言っているのではない。それのみではよろしくないと言っているのである。

そう思ってからは友と師を区別して付き合うようにした。友は単純に友として打ち解けることとし、優れた先輩や上司に対しては師として交わり、その言行を学び吸収するように努めた。

もっとも私は人付き合いが得意な方ではなく、あまり広く一般に師を求めることのできる性格ではないので、足りない部分は本によって補った。

本は片端から読んだ。キザな言い方だが、師としての読書のつもりだから単なる娯楽ものとしての小説などはあまり読まず、それがいささか片寄った自分を作ってしまったかと今は反省しているが、でも得るものがあると思えばマンガなどもたくさん読んだ。

まあ、私のやり方などは参考にもならないだろうけれど、友は友とし師は師として割り切って交わるというやり方は、大いに参考にしてよいのではないかと自賛している。

以前、人間関係に関する著書も多いある人の、友の選び方作り方というテーマの文章を読んだ。

そこにはAクラスの友とかBクラス、Cクラスの友と選別をし、Aクラスの友とは積極的に交わり、Bクラスとはほどほどに、Cクラスの人間は相手にするなと書いてあった。確かに、人は付き合う友によって変わるとも言う。友によって人生が左右されるとも言われる。だからABCと区別したくなるのもわからないではない。しかしそんなふうに人を区別し差別して付き合おうとする当人自身が、すでにCクラスの人間ではないかと思ってしまう。

それに、皆がそのような態度で臨むなら、日新公に教えられて自分より優れた人材と交わろうと近づいてくる、今はまだ優秀でないCクラスの人たちはどうしたらよいのか。

友と師を分けて考えればそんな思惑も選別も不要である。友は友として付き合えばよいし、劣等な者には自分が師となってやればよい。悪しき友でも師の感覚で導いてやれば、己が感化されることもなかろう。

薩摩には郷中《ごじゅう》組織という地域ごとの仲間組織があるが、そこで行われる郷中教育とはまさしくそんな理念に裏付けられた教育であるようだ。

郷中では少年期から青年期までの人格形成の重要な時期に、同年齢の者たちは互いに友として交わり、年長に対しては先生として師として師事し、年長は年少を教え導く。

西郷や大久保などもこうして年長から導かれ、やがて自分たちが年少を導き、さらに主君斉彬《なりあきら》ら、偉大な師たちによって訓導《くんどう》されて大きく成長し、幕末維新激動期の舵を取るまでに育っていった。

そういえば、西郷と大久保は性格も物の考え方もまるで正反対といってよい。情で動く西郷と理性で動く大久保という言い方もできるし、親分肌の西郷と参謀肌の大久保といった表現も可能だ。人々は西郷を慕って集まり大久保の指導で行動した。

西郷も大久保も互いにその個性を理解し、互いが互いを『われにます人おとなしき人』として尊敬し合い、あたかも車の両輪のごとくに行動したのであろう。西郷あっての大久保であり、大久保あっての西郷であったと言えるのかもしれない。

郷中組織、郷中教育 いくつかに分けた各地域が郷という組織であり、そこでの若者だけの自主教育制度を郷中教育という。

五、ほ

仏神《ほとけかみ》　他《た》にましまさす　人よりも
こゝろにはちよ　天地よくしる

『仏や神は他所にあるのではない、自分自身の中におられるのだ。他人に恥じるよりも自分自身の心に恥じよ。自己の心にある天地つまり仏や神はよくわかっているのだから。』

誰も知らなくても天は知っている、天に在る神や仏は知っている。その神や仏は実は自己の心の中におられるのだ。天地宇宙の理としての各人の心の中に神仏は宿り、その神仏は全てを知っておられる。他人に恥じるより、先ずは自身のその心に恥じよ、という叱咤《しった》である。

『こゝろにはちよ天地よくしる』とは仏教の精神でもあれば朱子学など

儒教の精神でもあろう。そもそも仏教と儒教はその思想に共通の部分が少なくない。人としての道義を教え、取るべき道を示すこの歌のような精神も共通している。

特に『こゝろにはちよ』の後に『天地よくしる』と続く部分は、自己の心の中にましますす天地（の仏や神）に恥じよ、という意味だが、ここにも仏教道徳の精神とともに儒教思想が色濃く入っているようだ。

儒教（学）では、例えば朱子学でも陽明学でも先に見たように「心」には特別な意味をもたせている。朱子学では「心」は「性」と「情」に分かれるとし、そのうちの「性」が道理に通じるものとして「性即理」といい、陽明学では性と情の区別を取り払って「心即理」とすることも先に見たが、いずれも人が本来もっている素直で純な心は天の道理そのものであるとして、これを「天理」としている。

日新公が『こゝろにはちよ』と言い、次に『天地よくしる』と詠んだその趣旨は、「性即理」であれ「心即理」であれ、その純なこころに恥じるべし、そして純な心は天理でもあるから天（天地の道理）にも恥じるべしということになる。

付記するなら、薩摩藩はそもそも他藩に比べて儒学が盛んであった。

中でも鎌倉時代に僧、弁円《べんねん》や帰化僧蘭渓道隆《らんけいどうりゅう》らによってもたらされた朱子学は、室町時代に入り、僧侶の地方への移動に伴って各地に浸透していったが、特に薩摩には先にも記した著名な臨済宗の僧、桂庵玄樹らが赴いて、後年薩南学派《さつなんがくは》と呼ばれる一派を形成するほどに活発な浸透が見られ、それが後の時代に同じ儒学の支流である陽明学を受け入れる素地になったようだ。

日新公にとって朱子学の薫陶《くんとう》は、仏教や神道の教えと共に自身の人格形成に資するところが大であったようだ。

「人は恥じ無かる可からず、（中略）恥を知れば則ち恥じ無し」（言志晩録第二四〇）――この語は幕末の朱子学者であり陽明学者でもあって、佐久間象山や吉田松陰、西郷隆盛ら有志たちに多大な影響を与えた、佐藤一斎の『言志四録《げんししろく》』の中にある箴言《しんげん》である。

言葉の意味は〝人は恥を知るということがなければならない。恥を本当に知っているなら恥じることは無くなるものである〟ということである。恥の意味と重さを本当に知悉《ちしつ》しているなら恥じなければならないよ

弁円
鎌倉中期の臨済宗の僧で、幕府や朝廷に重んじられた。禅を学ぶため宋に渡った際朱子学をも学んで帰国。

蘭渓道隆
宋の臨済宗の僧で朱子学をももたらす。鎌倉建長寺の開山。弟子の育成に力を尽くした。

薩南学派
桂庵玄樹が十一代忠昌公に招かれて薩摩に赴き、朱子学を講じたのに始まる儒学の一派。

言志四録
江戸末期の儒学者、佐藤一斎の箴言集であり随筆集でもある。陽明学と朱子学思想に貫かれている。

うなことはしない、だから恥は無くなるというのだ。

維新の有志たちの心に染みたこの箴言も、日新公の『ほ』の歌に通ずるものがあろう。恥の真の意味は自身の素直な心に恥じるほどの、天の道理に恥じるほどの強いショックがなければ理解できるものではあるまい。他人に恥ずかしいと感ずる程度では自己弁護に汲々とするくらいが落ちで、心から恥を恥と感ずるまでには至るまい。

稲盛氏が何かをなそうとするときには、必ず「動機善なりや、私心なかりしか」ということを自らに問うという。それを端的に表すエピソードとしてたびたび口にするのがＤＤＩ創立時のことである。

「長距離電話を安くし国民大衆に貢献できるような事業には、果敢なチャレンジ精神で事業を展開し、さらには世のため人のために役立とうという経営哲学を持っている企業が乗り出すべきではないかと思った。しかしＮＴＴは当時でさえ、四兆円をはるかに超える売り上げがあり、正面から挑むには京セラはあまりにも脆弱《ぜいじゃく》だった。私の心中では、そのようなさまざまな思いが錯綜し、悩み苦しむ毎日が続いた。

そのような毎日の中で私は、就寝前のひとときに、毎晩欠かさず自問自答を繰り返すようになっていた。それは、『私が電気通信事業に乗り出そうとするのは、本当に大衆のために長距離通話料金を安くしたいという純粋な動機からだけなのか。その動機は一点の曇りもない純粋なものなのか』という、自らに対する問いかけであった」

氏はこうして自分がやろうとしている行為が天の道理に恥じることがないかどうかを自らに問うたのである。氏はさらに語る。

「『自分を世間によく見せたいという私心がありはしないか』『単なるスタンドプレーではないのか』、そして『動機善なりや、私心なかりしか』と、夜ごともう一人の自分が私を厳しく問い詰めた。

そうやって半年近くたち、考え悩み抜いた末に、ようやく私自身が『動機は善であり、私心はない』ということを確信できた。そして、私自身の思い悩む心は跡形もなく消え、いかに困難な事業であろうともこれを実行しようという強い決意と勇気がふつふつと湧いてきた」

こうして、天理に恥じずと思い切れたとき、氏の心から迷いは消えた。郷中教育の余韻の残る学舎で、精神を鍛えられて育ったであろう氏は、あるいは日新公の精神を現代において体現しようとしているのかもしれない。

同じ佐藤一斎の『言志四録』に次のような言葉もある。「人は恥を知ってこそ本物の志を立てる気になる。恥を知って立てた志は必ず大きな実を結ぶ」（言志録第七）。また「どう志を立てようかと思ったなら自分を恥ずかしいという気持ちを起こすべし、立志の工夫はそこから生まれる」（言志耋《てつ》録第二三二）

ともに恥をマイナスとしてではなく、自己の人生にプラスとして活用しようという発想である。もちろん他人に恥じる程度の一時的なものではなく、自身の素直な純な心に恥じる、天理に心から恥じるのでなければならないことは言うまでもない。

歴史を見ても、偉大な功績を残したような人に若いときを順調に生きた人は少ない。多くは挫折や逆境を何度も経験しながらも、そんなことでダメになりそうな自分を恥とし発奮し、むしろ恥をバネとして飛躍した人たちである。

恥は、より以上に大きなものであるほど志達成への執念も大きくなろう。心から恥じて反省し、発奮精進の材料とするなら、恥も大いに良しということだろうか。

六、へ

下手《へた》そとて　我とゆるすな　稽古《けいこ》たに
つもらハ塵《ちり》も　やまとことの葉

『下手だからといって自ら投げやりになるようではいけない。どんな稽古事でもそうだが、「塵も積もれば山となる」という言葉のとおりなのだから。』

本来才能のある人でも、稽古努力をしなければ花は開かない。たとえ才能のない人でも稽古努力を続けていれば、あたかも「塵も積もれば山となる」の譬《たと》えのようにわずかずつわずかずつ開いていって、ついに大輪の花を咲かせるものだという意味であろうか。
『やまとことの葉』は、『つもらハ塵も』を受けて「山と～」と「ヤマト（日本）言の葉」にかけた懸詞《かけことば》になっている。古今集にある言葉に基づいているようだが、日新公もかなり勉学に励んだようでなかなかの教養人ぶりである。

歴史を見ていて感心することの一つに戦国乱世のあの激動の時代、食うか食われるかで精神的にも緊迫した時代によくも勉学などしていられたものと思うほど、群雄たちは勉学に勤《いそ》しんでいるということがある。しかも勉学に励んでいる武将たちの方が、そうでない武将たちよりもより多く勝ち残り、歴史に名を留めている例が多いのである。

それも和歌や連歌などなら当時の公家や武家などの飾り物的教養として普及していたから珍しくはなく、兵法書の類いなら武将の実務書として当然とも言える。しかしそのようなことに留まらず儒学や仏教、歴史から地理、法律、経済、医学に関するようなことまで幅広く学んでいるのだ。

たとえば戦国期の幕開けに活躍した北条早雲《ほうじょうそううん》は、京都大徳寺にて禅を修め、歴史や経世の学を学んで領国経営に役立てている。中国の雄、毛利元就《もうりもとなり》は臨済宗の竺雲恵心《じくうんけいしん》ら複数の僧に禅を学び、和歌や連歌はもち

古今集
古今和歌集のこと。最初の勅撰和歌集で平安期に成立。以降の文学に大きな影響を与えた。

北条早雲
戦国前期の武将。今川氏を頼って駿河に来た後、実力で相模の国を手中に収め、後北条氏の基礎を築いた。

大徳寺
京都にある臨済宗大徳寺派の本山。朝廷の帰依厚く勅願所とされた。

毛利元就
日新公とほぼ同時代の武将。陶晴賢（すえはるかた）を厳島（いつくしま）の合戦に破り、山陰山陽に一大勢力を築いた。

竺雲恵心
毛利元就が信心した臨済宗の僧で国清寺住持。元就は他に曹洞宗や法華宗にも帰依している。

ろん『徒然草』や『太平記』などの古典に親しみ、論語にも通じていたという。多趣味で学問好きであった武田信玄は四書五経に親しみ、特に宇宙の秩序を説く易経を深く学んで軍配の図柄などにも取り入れ、やはり禅に精通し儒学をたしなみ、漢詩など五山文学を習い、さらに『孫子』や『呉子《ごし》』、『六韜三略《りくとうさんりゃく》』などの兵法書を通読し、『碧巌録《へきがんろく》』という難解な仏教書を諳《そら》んじ、中国の歴史書を読み漁《あさ》りというふうで、武将よりも学者にしたいくらいの人物であったようだ。

戦国最後の英雄、徳川家康も学者肌の人物であったそうで法律の書から兵法書、歴史書、道徳の書から医学に関する書と大変な読書家ぶりを発揮し、蔵書も多く、それらを写させて出版もさせ、また藤原惺窩《ふじわらせいか》や林羅山《はやしらざん》などの学者に師事して朱子学を学び陽明学の要素も取り入れ、仏教思想から神道思想をも学んでいる。

私たちは暇があるとかえって勉強せず、勉学の時間が少ないとむしろ熱心に学び集中力も増すということがある。資格試験などでも会社を辞めて時間をたっぷり取り勉強した人は落ちて、仕事もきちんと行い限られた時間に集中力を発揮して勉強した人は受かるといった現象が、実際

武田信玄
戦国期の名将。甲斐、信濃、駿河を押さえ、大領国を形成。西上の大軍を興したが途中で病没。

四書五経
四書とは儒教の基本経典の論語、孟子、大学、中庸の四書。五経とはやはり儒教の易経、書経、詩経、春秋、礼記の五書を指す。

五山文学
南禅寺や建仁寺など臨済宗の代表的寺院を中心に、室町幕府の庇護を受けて盛んとなった朱子学や経書、漢詩などの学芸。

孫子、呉子
共に中国、春秋戦国時代の軍略家。またその兵法書のこと。兵書の中でも特に優れており、現代の競争社会にも通用する。

六韜三略
六韜は中国、周の太公望の、三略は漢の張良の撰とされるが偽書とも言われる。共に兵法書である。

に多いそうだ。

戦国期の武将たちもそんな緊迫した状況下だったからこそむしろ勉学心も起こり、集中力も発揮されて学習効果も上がったのかもしれない。歴史も兵法も合戦を学ぶため、法律も儒学も組織統制や領内経営のためと、それぞれ目的あっての学習であったかもしれないが、しかしそれが統治者自身や家臣団、さらには領内領民の安定と繁栄につながっていった。

島津中興の祖と仰がれる日新公においても例外ではない。詩歌の類いはもちろん、兵法や歴史をも学び、儒教道徳を身につけ、仏教による精神修養に励み、仏教や朱子学、神道の思想を深めた結果、それら仏儒神三教の融合を図って「日学」と称する新流を開いたりもしている。

このように一つの教えに捉われることなく、柔軟な思考力を備えているところは、日新公の性格特性の一つでもあったようだ。仏教においても真言宗などの密教から臨済宗や曹洞宗などの禅仏教など、宗派を問わず優れた教えはすべて吸収するという姿勢である。

また文武両道の精神から学問と武芸の両立を図り、奨励して、後の郷

碧巌録　臨済宗の公案（真理探究のための問題）を集めたもの。参禅修行のための書として珍重されている。

徳川家康　言わずと知れた江戸幕府初代将軍。信長、秀吉の天下統一に協力。秀吉没後の関ヶ原合戦において勝利し、天下を掌握。

藤原惺窩　江戸初期の儒学者。禅を学び漢学を学び朱子学を究める。主君に仕えず林羅山ら弟子を多く育てた。

林羅山　江戸前期の朱子学者。惺窩の推挙により家康に仕える。後に江戸幕府儒官となる林家の祖。

真言宗　平安時代に空海によって中国から伝えられた。高野山金剛峰寺を本山とし、大日如来を尊崇する。

中教育につながる気風を醸成するなど、江戸時代を通じて幕府から一目も二目も置かれる存在となった薩摩藩の基礎を築いてもいる。

日新公はおそらく、持って生まれた才能もさることながら、それ以上に努力の人だったのだろう。努力の人は一般に、目的達成まではどんなことでも利用し活用するという傾向がある。

時としてそれは手段を選ばずというようにも見えるが、実は一つのことにこだわることなく、多種多様な障害にあっても柔軟な発想と思考力をもって一つ一つ解決してゆく。決してあきらめない。叩かれても叩かれてもどこかに前進の糸口を探り見つけて進んでゆく。それはまさしく『下手そとて我とゆるすな稽古たにつもらハ塵もやまとことの葉』の心意気である。

そしてその精神は、後年の大久保利通に通ずるものでもある。大久保は最善策がだめなら次善の策、次善がだめなら三善の策と、決してあきらめない執念深さがあった。この執念深さが西郷のあっけらかんとした明るさと結びつくことにより、薩摩藩を動かす歯車は完成したのである。

密教
大日如来の身、口、意の三密を説く教理。現世肯定的であり、衆生は本来仏性を有しているとして即身成仏を説く。

臨済宗
臨済を開祖とする中国禅宗宗派の一つ。日本には栄西や俊乗によって伝えられた。妙心寺派など二十数派に分かれている。

曹洞宗
洞山を開祖とする中国禅宗宗派の一つ。日本には道元が伝え、禅宗の初祖達磨（だるま）に帰れとし、ひたすら坐禅する只管打坐（しかんたざ）を唱えた。

禅仏教
菩提（ぼだい）達磨を宗祖とし、禅宗と呼ばれる。日本では臨済宗や曹洞宗、黄檗（おうばく）宗などに分かれる。座禅による精神修養を重んずる。

七、と

とかありて　人を切《きる》とも　軽《かろ》くすな
いかすかたなも　たゝひとつなり

『罪が明白であり死刑に処するとしても、軽々しく行ってはならぬ。人を活かすも殺すも裁く者の心一つにかかっているのだから。』


『とか』は科であり『かたな』は刀である。

さてこの歌はどのように解釈したらよいのだろう。

前段の五七五の部分はともかく、後段の「活かす刀もただ一つなり」の部分が少し複雑である。

「活かす刀」とは、臨済宗の公案《こうあん》を集めた『碧巌録《へきがんろく》』にある「殺人刀活人剣」から取った言葉だと思うが、そこには臨機応変という意味もあるから、杓子定規《しゃくしじょうぎ》に処断するのでなく、事情を斟酌《しんしゃく》して臨機応変に対処せよ、と言っているようにも取れるが、反面、処断すべき刀（おきて、法）は人を活かす刀でなければならず、そのためには気まぐれに例外を作るようなことなく厳正でなければならない、と説いているようにも思える。これはそれぞれが正反対に近い解釈になる。しかも前者の臨機応変は〝きまぐれ〟につながる恐れがあるし、後者は〝杓子定規〟につながる心配がある。

ここは双方の折衷としての、〝臨機応変といいながらも定めを無視し一時の感情で軽々しく処断するようなことがあってはならない。定めを重んじながらも慎重にして人を活かすことを考えて判断するように〟といった解釈が妥当であるように思う。単なる臨機応変ではかえって軽々しくなる危険性があるし、杓子定規は決められた一つの枠に単純にはめてしまうだけだからこれも軽々しい。

〝人を活かす〟といえば、西郷はその『遺訓』で、〝西洋の刑法は専ら懲《こ》らしめることを主として苛酷を戒め、人を善良に導くことを基本にしているらしい〟との趣旨を述べ、罪人は穏やかに遇し教訓となる書を与えたり面会を許したりもするようだ、と驚き、東洋の刑罰も忠孝仁愛の心から出ているのだけれど、実際の扱いにおいては西洋のほうが文明である、と感心している。

一般に西洋嫌いの西郷だが、良いところは良しとして素直に認めている。〝科ありて処罰するとも〟処罰そのものを目的とするのではなく、西洋刑法のように、懲らしめて善導することを目的とするのでなくてはならないということであろう。

『刀』つまり刑法も、人を『活かす』ためのものであるべし、ということである。

郷中教育のリーダーとして、いろは歌を聖典として育った西郷は、やはり日新公の精神を受け継いでいる。

ともあれ公のこのような歌に接するとき、民や家来に対するその心構えの妙に感心するとともに、九州の覇者としての島津家の礎を作った力量に納得させられる。

島津家統一に取り掛かった時期がもう少し早く、かつ小豪族制覇がもう少々短期間に終了していれば、全九州統一はもちろん本州にまで駒を進めて、毛利氏などと覇を争っていたのではないかと惜しまれる。もっともそれは日新公の本意ではないかもしれないが。

ところで日新公は、生涯に数々の戦いを強いられ、軍団を率いて勝利してきたが、勝利する軍団にはそのための基本要因のようなものがある。一つは軍団員のエネルギーや士気といった精神的要因であり、一つは軍団員の数であり、残る一つは優秀かつ多量な装備である。装備には軍資金なども含む。これは軍事組織に限らず今日の会社のような組織運営にも当てはまる。

言うまでもなく、これらの中で最も大切なのは構成員たちのエネルギーであり士気である。もちろん兵員の数や装備など、いわゆる物量的要素も当然その勝敗に大きな影響を及ぼすが、組織のエネルギー、士気といった精神的要素は、何にも勝る重大な影響力をもって勝敗を決定する。

日新公をはじめ、歴史に名を成した程のリーダーたちはいずれもそのことを知悉《ちしつ》し、心を配っている。

私たちは昭和の大戦に大敗北を喫したが、その原因の一つに日本は大和魂に代表される精神力に頼って戦ったからだということがよく言われる。日本の精神力に対して相手側は膨大な物量作戦で応じた。これが勝敗を決めた、というのだ。

それ以来、私たちは精神力というものに幻滅し、信頼感を失ったようだ。

だが果たしてそうだろうか。

少数の兵力と装備でその何倍もの大軍団と優秀な装備を打ち破った例は、歴史上枚挙に暇《いとま》がないほどある。義経が平家の大軍を敗走させた例、毛利軍が陶《すえ》軍を壊滅させた例、信長軍が今川氏を葬った例などはその代表であろうが、日新公の孫、島津義弘公も日向《ひゅうが》の伊東氏との木崎原合戦ではわずか三百人ほどの小勢で三千人の敵を相手にし、大勝利を収めている。さらには明治の日清戦でも日露戦でも、日本軍は寡兵《かへい》と少ない物量をもってよく敵の大軍を圧倒した。

特に日露戦では、我が軍は陸軍も海軍も圧倒的にロシアに劣っていた。兵員数も艦船数も銃砲類の装備などもすべてにおいてロシアが勝っていた。しかしただ一つ、エネルギーや士気といった精神力だけは日本がロシアを大きく圧倒していた。新興国日本が大国ロシアを前にして身震い

義経
源義経のこと。源頼朝の弟。頼朝軍の軍団長として目覚ましい活躍をしたが、頼朝と不和になり、やがて奥州平泉にて討ち死に。

平家
ここでの平家とは伊勢平氏の子孫である平清盛一党を指す。武士による初めての政権を打ち立てたが、源氏によって滅ぼされた。

陶軍
戦国大名、大内義隆の重臣、陶晴賢が主人を討って主導権を握り、毛利軍と厳島で戦ったときの軍。

織田信長
尾張の戦国武将。同族を統一して駿河の今川義元を破り、天下統一に乗り出すが志半ばで明智光秀によって京都本能寺にて討たれる。

今川氏
駿河の守護大名家。義元のと

するほど燃えていたのに対し、成熟国ロシアは弱小国日本をなめてかかり、しかもやがて革命が起きるほどに国内は弛緩《しかん》していた。

この精神力の違いが、陸においても海においても圧倒的勝利を日本にもたらした要因の、大きな一つになっている。

これについては連合艦隊の東郷平八郎長官自身が、勝敗は双方の観念の違いにあったようだ、ロシア側将兵は軍艦が戦闘能力を失えばもはや戦いは終わったとして戦意を喪失したのに対し、我が将兵は最後の一人になってもなお自分が倒れるまで闘おうとした、と語っているが、十分納得のゆく話である。

このような例でもわかるように、勝つ軍団、勝利する組織を作ろうとするときに、先ず何よりも大切にしなければならないのは、構成員たちのエネルギーや士気である。

『と』の歌に見られる精神は、日新公がどのような心構えで組織構成員たる家来たちに接していたかをよく物語っている。

このようなリーダーに率いられるとき、組織は十分以上に燃え上がり、常勝軍団に成長するのである。

き遠江、三河と制圧し版図を広げたが、やがて桶狭間（おけはざま）の戦いにおいて信長に討たれる。

島津義弘
日新公の孫。第十七代島津家当主。勇猛をもって聞こえ、関ヶ原合戦時の敵中突破は名高い。

日清戦争
明治二十七年から二十八年にかけての清国との戦い。これに勝って日本は欧米列強と並ぶこととなった。

日露戦争
明治三十七年から三十八年にかけてのロシアとの戦い。陸軍も海軍も日本側が勝利。東洋が西洋を破った意義は大きい。

東郷平八郎
日露戦でバルチック艦隊を壊滅させた時の連合艦隊司令長官。元薩摩藩士で、西郷隆盛らの薫陶を受けて育つ。

維新の指導者、大久保にもこんな逸話がある。彼は京にあって幕府の征長問題、条約問題からさらに薩長同盟の問題と多忙な折り、ある小事件に関してわざわざ藩に手紙を書き送っているのだ。

当時取るに足らぬことで藩士数人が処分される事件があった。しかもその処分が不公平であったらしく藩内が動揺。大久保はそのことを厳しく叱責し、国家の大事のときに大局を見る心なく小事に汲々として一婦人の妄言に替わり、有志の士を陥れんとは何事と批判し、そのようなことでは人心が離れ薩摩藩も崩れてしまうと注意する。

処分処罰の姿勢は最も人心に影響する。人心を生かすか殺すかはそのまま藩の人心、ひいては国家の民心を生かすか殺すかにかかわってくる。人民も国家も『いかすかたな』は為政者の心『ひとつ』なのである。

いかにも大久保らしい細やかな気配りに見える注意文も、こう考えると重い意味のあることに気づかされるとともに、後年の西郷らの行動に対する大久保の心の動きと決断が、ほんの少しばかり理解できるような気もしてくる。

稲盛氏は折りにふれて、明治維新のときに官軍（薩長連合軍）が庄内藩に攻め込んだときの西郷の思いやりを口にする。

西郷の指示はこうだった。「敗れた武士の心情を思いやれ。戦の結果で人間が変わるわけではないから、彼らには帯刀を許し、外出も自由でい い」。また、攻め込んだ薩摩の兵士が勝ちに驕って乱暴狼藉を働くのを戒めて厳しい戒律を課した。その西郷に対して庄内藩の人々が、「西郷は人の情のわかる人物だ。この人ならついていける」と思ったのも当然であろう。

その話に稲盛氏は、京セラ創業時に感じた人の心の大切さを被せて、次のように語っている。

「京セラは資金も信用も実績もない小さな町工場から出発した。頼れるものは技術と信じあえる仲間だけだった。『経営において確かなものは何だろう』ということを悩み抜いた末に、『人の心』がいちばん大事だという結論に至った。歴史をひもとけば、人の心が偉大なことを成し遂げたという事例は枚挙にいとまがない。うつろいやすく、不確かなものも人の心なら、ひとたび互いが信じ合い通じ合えば、これほど強固なものもない。その強い心のつながりをベースにしてきたから今日の京セラの発展がある」と。

八、ち

智恵能《ちゑのう》ハ　身《み》に付《つき》ぬれと　荷にならす
ひとはおもんし　はつる物なり

『知恵や能力はいかに身に付けても決して荷物になるものではない。それればかりか多くの知恵や能力を身に付けた人を人々は重んじ、及ばぬ自分を恥じるものである。』

知恵とは知識の昇華した概念であり、知識を応用することのできる能力のことであって、知行合一の知でもある。

能は技能や芸能と訳することもできるが、ここでは素直に「能力」と訳した方が日新公の趣旨にも添おう。つまり物事をする力、成し遂げる力のことであって、知行合一の行である。

と、こう訳してみるとすぐ理解されるように、日新公の説かれる知恵能とは王陽明の説く知行合一と同一のことであるようだ。

すでに述べたように、日新公の時代にはまだ陽明学は日本に入ってきていない。日本の正式な陽明学の始まりは中江藤樹《なかえとうじゅ》からであり、日新公の活躍した時代の百年ほど後のことであるが、王陽明も初めは朱子学を修めそこから陽明学へと進んだように、儒学にはそもそも陽明学的な要素が内在している。王陽明の知行合一思想が、朱子学の先知後行思想から発展したものであるのもその一例であろう。

先知後行思想が王陽明によって知行合一思想へと発展したその背景の一つには、先にも述べたように彼は「知」と「行」を実践する武人であったということがある。

戦場にあっては「先知後行」などと悠長なことを言ってはおれない。まさしく「知行合一」でなければ一瞬の勝負に後れを取る。一軍の将としてその判断と行動に後れを取る。一瞬の遅れは勝敗に決定的な要素をもたらすからだ。

もちろん、そのような単純さだけで知行合一思想が生まれたわけでは

中江藤樹
江戸前期の儒学者。初めは朱子学、後に陽明学に転じ、日本における陽明学派の祖となった。内面的平等を説く。熊沢蕃山（くまざわばんざん）の師。

ない。本来「知行」とは聖賢の教えとその実践のことであり、それが「合一」ということであって思想そのものが深遠である。しかし思想形成の過程における背景の一つとしては十分考えてもよいだろう。思想とは自己の置かれている環境と決して無縁ではないからだ。

王陽明と同様に武人であり行動の人であり、同じように高邁《こうまい》な理想をもちながらも殺伐とした戦いに明け暮れなければならなかった日新公にとっても、学んだ朱子学は必然的に王陽明の思想に似てくる。

戦場を駆け巡って生涯を過ごしてきたそんな日新公が、自己の体験と知識とそれらが昇華した智恵をもって説く『智恵能』とは、単なる知識でも技能でもなく、行動を伴った智恵でなくてはなるまい。ましてや学問至上主義的あるいは百科事典的智恵でも能でもないこと言うまでもない。

単なる知識や技能としての智恵能であったとしたら、いかに身に付け高めても、郷中教育には向くまいし薩摩武士の精神にもふさわしくなかろう。維新を成し遂げて列強の侵食から日本を守った西郷や大久保らのエネルギーなど望むべくもない。

西郷は『遺訓』に、〝いかに書を読み知識をひけらかしてもただ口舌の上のみならば少しも感ずる心なし〟という趣旨を述べている。

知識などをいかに身に付けても、ただ口舌の上だけならば少しも感心しないし、そんな人を重んずる気持ちにもなれない、というのだ。

さらにおなじ『遺訓』においてこんな趣旨も述べる。〝自ら学び修養してあたかも君子のようであっても、事に当たって適切な処理ができないようでは木人形も同然なり〟と。知識を学び精神を修養して君子のごとくであったとしても、必要なときに必要な対応行動がとれないようでは木の人形のようであるというのだ。

いささか辛辣すぎると思わないでもないが、感情家、西郷としては、自称知識人として何もしないエセ紳士には、我慢がならなかったのであろう。

人に重んじられるような人物、その人に会うと誰もが至らぬ自分を恥ずかしく思うような人物とは、やはりうわべの知識や技能で身を飾るだけの人間ではなく、日新公の説く『智恵能』の人でなければならないようだ。

九、り

理《り》も法《ほう》も　たゝぬ世そとて　引安《ひき》き
こゝろの駒《こま》の　ゆくにまかすな

『道理も法も通らない世の中だからとヤケになって（あるいはアホらしくなって）、安逸怠惰に流れ易い心のままに任せてはならぬ。』

理とは朱子学や陽明学でいう「理」であるが、ここでは道理といった解釈でよいと思う。法とは仏教でいう「法（のり）」のことであり、一般的には倫理的規範、きまり、あるいは正義を意味する。

『理も法もたゝぬ世そとて』とは、儒教でいう道理も、仏教でいう倫理も通らないような、誰もが自分のことしか考えない乱れた世の中だからといって、という意味になる。

『こゝろの駒』は、仏教語の「意馬心猿」という言葉から来ている。意馬心猿とは走る馬や騒ぐ猿の気持ちを抑え難いように煩悩《ぼんのう》の心を抑え難いことを言う。

「意」とは心、または心が発動することであり、日新公は「意馬」を心の馬、つまり『こゝろの駒』と歌った。したがって後半の意味は、ややもすれば安逸怠惰に流れ易く抑え難い煩悩の心（こゝろの駒）を、その走るがままに任せてはならぬ、ということになる。

日新公の生きた時代はもちろんのこと、今日の時代でも必ずしも「理も法も立つ」世の中とは言い難い。いや、いつの時代でも程度の差こそあれ『理も法もたゝぬ』のが普通だとすら言い得るようだ。

だからこそ私たちは「理も法も立つ」世の中を理想として求め、こころざし有る者は自らの手で築こうとして努力もする。いつの時代にもいつの世の中にもそうした有志たちが現れて努力してきた。日新公の努力も、西郷や大久保らの努力も、基本的な部分においては間違いなくそうであったろう。

まだまだ「理も法も立つ」世の中ははるか遠くに霞んでいるが、だからといってヤケになり、あるいはすっかりあきらめ切って安逸怠惰に流れるようでは、そのような先人たちに恥ずかしい。

今日の世は、弱者救済という大義名分のもとに努力をしない人、怠けて働かない人に甘すぎるのではないだろうか。

いろいろな救済処置や給付制度があるが、それらも真に必要としている人たちになされるのなら異論はない。それなら税という形で、そのための原資を提供した方たちも納得するだろう。その人たちの救済に一役買えたことに誇りすら持てるだろう。

だが自助努力を怠り、努力せずとも国が助けてくれるその差し伸べられた手にすがって、安逸怠惰に流れる人たちにまで多くの税が使われているとしたなら、はたしてどうだろう。それでは私たちが本来もっている「良知」としての自助努力の精神すら、消してしまうことになりはしないか。それは弱者救済との大義名分のもとに、人間の尊厳を傷つける行為をしていることにすら、なるのではないかと思う。

現代は女性の時代だと言った識者がいる。時代は女性の時代と男性の時代が交互に現れるというのだ。

男性の時代には勇気とか努力といった猛々しい精神が尊ばれるが、女性の時代になると愛とか福祉といった優しい精神が大切にされるのだという。

言うまでもなく、男性の時代は荒々しい時代であるが前進の時代でもあり、女性の時代は優しく安定した時代であるが停滞の時代でもある。どちらもホドホドであれば良い面が強調されるのかもしれないが、行き過ぎると好ましくない部分が過大に出現し始める。

この辺で各人の良知を発動し、心の駒を正さないと、理も法も立つ社会にと努力していたはずが、まったく逆の結果を招きそうだ。

十、ぬ

盗人《ぬす》は　与所《よそ》より入《いる》と　おもふかや
み丶めのかとに　戸さしよくせよ

『盗っ人はよそから入るものと思っているだろうが決してそうではない。本当の大盗っ人は耳や目から入るもの。だから耳目の門こそ、戸締まりを良くするべきである。』

『かと』とは門（かど）、つまり門（もん）のことである。

わかりやすいが深遠な意味のある教えであるようだ。

一般に盗っ人というものは他所から侵入して財産を盗んでゆくものとばかり思い、家の門ばかりしっかり戸締まりするようだがとんでもないことだ。自分にとって本当に大切なものを盗んでゆく大盗っ人は、実は耳と目から侵入してくる。したがって耳の門と目の門をこそしっかり戸締まりをするべきである、というのだ。

耳や目から入られて盗まれる大切なものには、物質的財産もあれば心の財産もあろう。

物質的財産を盗むといえば、巧言令色をもって、つまり顔色をうまく取り繕いおためごかしの旨い言葉に乗せて人をだまし、財宝を吐き出させたり分捕ったりという手法だ。

この例は過去の歴史をひもとくまでもなく、現代のしかも身近なところにあり余るほどたっぷりとある。詐欺罪になるような手口から、法律上は合法なものまで掃いて捨てるほどだ。

心の財産とは、言うまでもなく人が本来もっている善の心、つまり朱子学や陽明学で言うところの「良知」であり、それが盗まれるとは、耳目から入った色香に迷い、いろいろな誘惑に迷って、次第に良知が失われてゆくことをいう。

それが失われれば、良知を実行する能力、つまり朱子の言う「良能」、陽明の言う「致良知」も失われ、善の心を発揮することもできなくなる。

日新公が盗まれるなよと説く最も大切なものは、当然この心の財産である。

すなわち、他所から入る盗っ人に盗まれる物は所詮たいしたものではないが、耳や目からそっと忍び込んで良い心持ちにさせられ盗まれるものは、人生をも狂わせられるほどの貴重な財宝である。これをしっかり守り、つまらぬ盗っ人に盗まれないために、耳と目の戸締まりをこそ忘れてはならぬ、と叱咤してくれるのだ。

特に少年青年時代の多感な時期、どんな色にも染まり易い時期には、耳目からの良からぬ盗っ人も入り易い。しかもこのころに良知を失うと回復もなかなか困難であるし、その悪影響も大きい。なぜなら大切なものを失ったことに気づかぬままで、成人してしまう危険があるからだ。

この時期の教育指導の大切さはここにある。しっかりと教育を行い、耳目の扉を開けて招き入れるべきものと、そうしてはいけないものの判断を付けさせなければならない。

余談ながら、生徒児童の人権を認め、先生だからといたずらに権威を振りかざすべきではないとし、生徒と教師の垣根を払って友達のような関係を良しとしたときから、学校崩壊は始まったようだ。

そんなことをすれば、耳目から入った盗っ人たちが無防備で抵抗力のない彼らの心から、善を判断する良知もそれを実現できる良能も致良知も盗み去り、今日のようになることは自明の理であった。

愚かなことであった。おそらく、教師たち自身も自らの耳目に盗っ人が入ったのに気が付かず、いつの間にか何が善かの判断力を失っていたのだろう。今世紀こそは、速やかに盗っ人の侵入に気付いてこれを追い出し、良知を取り戻されんことを願いたい。

「山中の賊を破るは易く、心中の賊を破るは難し」とは王陽明の言葉だが、心中の賊もそれを賊と認識できるなら破るも易いのである。賊を賊と思わず、つまり心の盗っ人を盗っ人と思えずに、彼こそは自分の同志、自己の最大の理解者と信じてしまうから難しとなる。いや、難しどころか時に友人などから賊の存在を指摘されると、むしろ賊の弁護に回り、指摘してくれた友を自分と賊の共同の敵と見なして攻撃したりもする。

シェークスピアの名作『オセロ』は、主人公の将軍オセロが、自分の耳にささやく奸悪《かんあく》なイアーゴーの執拗で巧みな言葉に乗せられて、貞淑

シェークスピア
イギリスの偉大な劇作家。ロミオとジュリエット、ヘンリー四世などその作品のほとんどが後世の手本となっている。

オセロ
シェークスピア四大悲劇の一つ。猜疑心に狂う人の心の弱さがテーマ。

な妻と自分の副官の仲を疑い、ついに妻を殺害してしまう悲劇である。耳から侵入した盗っ人に心を失わされていながら、しかもそれに気が付かず、ついにはその盗っ人を同志と見なし、味方とみなして敵、妻デスデモーナを殺害してしまうのである。

初めはオセロもしっかり耳に戸締まりをした分別者であった。だが顔色穏やかに巧みに取り繕って、いかにも善人味方の装いをした耳からの訪問者にやがてすっかり心を許し、堅く閉ざしたはずの耳門を開け、招き入れてしまったのであろう。

誰もがオセロの二の舞いを演ずる可能性がある。青少年に限らず、分別をわきまえた大人のはずでも、イアーゴーにあえば一たまりもあるまい。

『み、めのかとに戸さしよく』とは、単に戸締まりをよくするのみではなく、真実を見抜く思慮分別を磨くことこそ大切、ということであるようだ。

いささか横道にそれるが、企業経営においても四方八方からいろいろな災いが耳目から入って良知を失わせようとする。そんなときにはどうしたらよいか。稲盛氏の話を聞こう。稲盛氏はその基準はもっともプリミティブなことだと言う。

たとえば「私はそれまで技術のことは勉強していたが、会社経営についてはまったくの素人だった。経理のこともわからなければ貸借対照表なんか見たこともない。そこでいちばん大事なことは『要所要所で判断することだ』と思った」――と。

稲盛氏の判断の基準になったのは「子どものころに両親から教わったこと、学校で先生から言われたこと、さらに宗教書から学んだこと」である。それはつまり、「人間として何が正しいか」の一点だったと氏は言う。そして「その判断を誤らないためには、自分の人間性を高めなければと思ってこの三十数年、ひたすら努力を重ねてきた」とも。

同時に経営者として物事を判断する際、世間で言う筋の通ったもの、つまり「原理原則」に基づいたものでなければいけないことに気付き、氏は判断の基準を「人間として正しいことなのか、悪しきことなのか」におくようになる。

「人間としての道理に基づいた判断であれば、時間や空間を超えて、どのような状況においてもそれは受け入れられる。そのため、正しい判断基準を持っている人は未知の世界に飛び込んでも、決してうろたえたりはしない。迷うことはない」

結局、真実を見抜く思慮分別を磨くことは、単純な原点に返って人としての善悪を知る、ということであるようだ。

十一、る

流通《るつう》すと　貴人《きにん》や君か　物かたり
はしめてきける　顔もちそよき

『たとえ自分はよく知っていることであっても、高貴な人や主君などが物ごとを話すときには、初めて聞くといった顔付きで聞くのがよろしい。』

目上を敬う思想を、具体的行動で示す場合はこのようにせよということである。

目上を敬えと言われ、それがもっともと思い、そうしようと考えても、教えられなければ具体的にどうしたらよいのかわからないものだ。

昨今の若者は礼儀を知らないと言われる。年長者にも同僚に対するのと同様の口をきき、目上を敬う気持ちなどどこかに忘れてしまったようだといった話をよく聞く。

半分は私も同感であるが、半分は同調できない。

実際にそんな若者の態度振る舞いを目にすると私も憤りを感じる。だがそんな若者にもそれが否であることを教えてやると、意外に素直に改めるのだ。

居丈高《いたけだか》に注意すれば反発もするが、彼らが納得できるように教えてやるとこちらが拍子抜けするくらい素直になる。そんな若者が多い。

彼らは敬うべきを知っていて敬わないのではなく、そもそも〝目上は敬うべき〟という社会規範を知らないのかもしれない。そのような概念がないのかもしれない。あるいは知ってもいるし敬う気持ちもあるが、具体的にはどう表現すればよいのかとなるとわからない、ということなのかもしれない。

これはやはり教育の問題であろう。最も問題なのは戦後の日教組思想による学校教育だが、家庭での教育も社会としての教育も同様に考え直さなければならないようだ。

こんなことを考えるとき、薩摩の郷中教育の価値を改めて思い知らされる。

西郷や大久保らの時代にはすでに薩摩にも陽明学思想が入っていたから、朱子学思想と混じり合い、日新公の教えや薩摩独特の空気とも混じり合っての郷中教育の中で、具体的行動思想を伴った徳目教育が行われていたであろう。

儒学（儒教）では、「仁義礼智信」の五常思想や、親子の親、君臣の義、夫婦の別、長幼の序、朋友の信といった五倫思想を基本的実践徳目として尊ぶ。

「仁」とは惻隠《そくいん》、あわれみのことであり愛情のことであるが、普遍的人間愛を指すヒューマニズムとも、仏教で説く慈悲の愛とも異なり、仲間としての愛、すなわち私的なわがままを抑えて、礼を含む社会規範を伴った愛情を指す。

「義」とは羞悪《しゅうお》、恥じらいのことであり、人として踏み行うべき正しい道、道理にかなった行動を指し、利に対比する概念である。「礼」は辞譲および恭敬、譲り合い謹み敬うことである。もともとは祭りの儀式に伴

儒学（儒教）
孔子の教えを中心とした思想。朱子学も陽明学もこの流れである。日本でも仏教や神道とともに中心思想となった。

う秩序規範であったが、儒教によって「敬」や「譲」の精神的要素と和合の効果を強調する社会的秩序、個人的規範となった。

「智」とは是非、つまり善悪を判断する知恵のことであり、「信」は誠であり真実であり偽らないことである。偽らないとは他人をではなく自分をである。ちなみに禅における信とは自分の心を清らかにすることであるそうだが、相通ずる思想であろうか。

ただ、禅においての信は意識して心を清らかにする思想だが、儒教の正統とされる孟子の性善説では、人の心は生まれながらにして善であるから、意図的に清らかにする努力をしなくても、自分を偽りさえしなければそのままが善であり清らかであり、悪が生ずることはないとする。

仏教、特に禅においては心の修養に視点が置かれたのに対し、儒教では修養するのみではなくそれを行動に現す、つまり仁義を行い礼智を行うことを大切にした。すなわち〝善の次〟を重要視したことがこのような違いになっているのかもしれない。

この儒教の思想はその後の宋学、朱子学にも流れているし、陽明学に至ってはそこにこそ最大のスポットライトを当て、「知行合一」を説く。

孟子
儒学の祖である孔子の正統を自認。王道の理想を掲げ、性善説を唱え朱子学や陽明学に影響を与えた。

性善説
孟子の説で、人の性は本来善であり、悪は本来の姿ではないとし、儒教道徳の理論を示す。

宋学
中国、宋の時代の儒学の総称だが、朱子学を指す場合もある。この時代には、道教や仏教の影響を受け人間論や宇宙論が展開された。

次に五倫についても見てみると、五倫のうち親子の親、夫婦の別、長幼の序の三倫が家族のことである。つまり儒教が社会制度として最も重要視しているのは家であり家族なのである。

そのわけは家族が組織としての最小単位であり、誕生して以後の徳目修養道場でもあるからだろう。また家族は個人と社会との間に位置して、個人としての五常五倫思想を育むことにより社会全体にその徳を広める役目を担うからでもあろう。

ともあれこのような儒教思想が、薩摩では一派を形成するほどに盛んであり、その思想に基づいて郷中教育がほどこされ、その中から西郷や大久保が生まれたということは注目してよい。

教室は私語と居眠りをするところ、と錯覚している学生たちを放っておいては我が国は自滅する。改めて郷中教育を評価し直す時期に来ているようだ。

十二、を

小車《おくるま》の　わか悪業《こう》に　ひかれてや
つとむるミちを　うしと見るらん

『各人にはそれぞれ勧めるべき道がある。それをいやだとかつらいとか気が進まないなどと思うのは、煩悩《ぼんのう》から生まれるいろいろな罪悪に引かれるからであろう。』

『悪業』とは仏教で言う十の罪悪のことであり、それらは貪りと怒り、誤った考えから生まれるとされる。

『ミち』は「道」であり、『うし』は「憂し」であって、いやだとかつらいとか気が進まないという意味。

小車、わ（輪）、ひかれ（引かれ）、ミち（道）、うし（憂し→牛）と、

仏教
仏陀の説いた教えという意味で釈尊を開祖とする。大きくは大乗仏教と上座部仏教とに分かれ、日本には大乗仏教が伝わった。

十の罪悪
仏教で言う十悪業道の事である。殺生や盗み、邪淫など、身と口と意が作る十の悪行為をいう。

一連のつながる言葉を並べているが、歌にいささか細工を施して妙味を出したということであろう。

昔なら、〝人には与えられたそれぞれの道というものがある。分不相応なことは考えず、それぞれに与えられた勤めるべき道に不服を言わず、まじめに努力せよ。そうすれば必ず報われるものだ〟といった説教が十分通用した。

しかし今日の社会においては、現在の仕事なり歩んでいる道なりが自分に合わないと感じたなら、別の仕事や道に進むことに特に罪悪感はないし、ましてや悪業に引かれて行っているなどといった意識はない。

そんな今の若者にこの歌を示し解説して見せたなら、大きなお世話と一笑に付されるのが落ちだろう。

自己の性格や能力に合った道を模索し、思い違いであったと知ったなら、進む道、勤める道を変えることに何のためらうことがあろうか、と、そんな答えが返ってきそうだ。

そう考えると、この歌は現代にはそぐわないようにも思える。が、もちろんそうではあるまい。日新公の言わんとするところは『悪業にひかれてや』というところにあるようだ。

難しいことではない。貪りや怒り、誤った考えから道を違えてはならん、勤めるべき道を憂しと思ってはいけない、と教えてくれるのである。

何十種類もの能力が私たち人間にはあるという。そしてどんな人にも、それらの中で他人に秀でた能力が最低一つは備わっているのだという。

その、優れた能力に合った自己の道を探すに罪悪感はもちろん無用だ。大いに自分探しをしたらよい。自分の能力に合った勤めるべき道を探し発見して縦横に腕を振るえたなら、それは自己のためのみならず社会のためでもあろう。

ところが中には自分探しと称し、自己の能力に合った道を探すためと言いながら、その実自己の単純な欲望のために、あるいは一時の怒りのために、あるいは間違った考えや判断に引かれて現在の道を憂しと思い、簡単にその道を変える者がいる。

日新公はそのような誤った感情や考えで行動してはならんと諭しているのである。

それではむしろ自分探しに逆行するではないか、そんなことで自分の才能を開花させようとしての行動だなどと胸を張れるのか、と叱咤してくれるのである。

西郷は『遺訓』にて〝己を愛するは善からぬことの第一なり〟として次のように言う。

〝修行が完成しないのも、自己の目的が成就しないのも、過ちを改めることができないのも、ちょっとした功績を自慢に思い驕り高ぶってもはや向上進歩が止まるのも、すべて自分を愛する気持ちから生ずるものである〟と。西郷にとっては、悪業の最たるものは自己を愛する心から起こるということなのであろうか。

なるほど、考えてみれば貪りも怒りも誤った考えも、自分を愛する心から生まれることに間違いはなさそうだ。

自分をかわいいと思い、自分を愛する心が強いほど自己中心的になりがちだろうし、そうなれば、何でも思いどおりにならなければ気が済まない人格が形成されて不思議はない。そんな自分の欲望を満たしてくれず、怒りの気持ちを起こさせ、思いどおりにさせてくれない環境を物憂く思って道を変える、それでは修行も完成せず目的も成就せず、何の益も得ることがなくて当たり前なのかもしれない。

道は変えても良い。いったんはこれぞ我が道と思って進んでも、進んでみてわかることもあろう。それが自分の能力や志に合わなかったなら変えて良い。

だが、その動機が悪業によるものであって、いやだとかつらいとか我がまま勝手から出たものであったなら、それは自分探しに逆行する退歩である。

豊臣秀吉は少年のころ、今川義元の家臣、松下之綱《これつな》に仕えたことがある。矢倉番を勤めて功があり、徐々に取り立てられて納戸掛《なんどがかり》になり、更に忠勤を重ねて主人に重用されるようになったが、やがて同僚に妬まれるようになった。よくある話である。

主人、松下氏は気の小さい人物であったとみえ、同僚に妬まれては秀吉もつらかろうという理由で暇を出そうとした。秀吉は抗議もしたが、こんなちっぽけな人物の下では自分の将来も知れたものと、これまでに賜ったものを返し自分から暇を取ったという。

その後、信長に仕えて天下取りになったことは周知のとおりだが、彼

豊臣秀吉
信長に仕えてから頭角を現し、破格の出世をして信長亡き後、柴田勝家を滅ぼして天下人となる。仕え上手で使い上手。

松下之綱
今川義元の家臣で一時秀吉を家臣としたことがある。後に秀吉に仕える。

は常にそのときそのときの自分の勤めを精一杯励んでいる。どんないやな勤めでも命を懸けた勤めでも快く引き受け、信長の信頼を勝ち取った。

後年、松下氏を呼んで当時の礼をしたそうだが、彼も我がまま勝手から〝つとむるミちをうしと見〟ての行動を取ったのではなさそうである。

十三、わ

私《わたくし》を　捨《す》て君にし　むかハねは
うらみもおこり　述懐《じゅくくはい》もあり

『君に仕える心構えは私心を捨てることにある。そうでないと恨み心が起こったり不平不満や愚痴も起こるもの。』

聖徳太子の『十七条憲法』のうち第十五に、「私《わたくし》に背《そむ》いて公に向くはこれ臣の道なり。すべて人に私有るときは必ず恨《うら》み有り。憾《うら》み有るときは必ず同《おな》じからず。同じからざるときは私をもって公を妨《さまた》ぐ。憾み起こるときは制に違《たが》い法を害す。故に初章に云う上下和して諧《やわ》らぐとはそれ亦この情なり」とある。

〝私心を捨てて公に向かうのが臣下の道である。人に私心が有るときは

聖徳太子
推古天皇の御代に摂政として内政、外交に敏腕を発揮した。十七条憲法や冠位十二階制を定めて豪族勢力を押さえる。

十七条憲法
日本最古の成文法。官僚や豪族のための道徳的訓戒で儒教や仏教からの思想が反映されている。

必ず周囲に恨みが生じ、恨み（憾みも同じ）が有るときは和同の精神が生まれず、和同の精神のないときは私心が公事を妨げる。人を恨む心が起きると掟にそむき人として守るべき道を外れる。初めに上下和してやわらぐべしと言った（十七条憲法の第一に『和をもって貴しとし……』と言っているのを指す）のはこの意図である〟

と、このような意味であるが、これでわかるとおり、日新公の『わ』の歌はこの聖徳太子の十七条憲法から取ったものと思われる。日新公の言わんとするところも聖徳太子のそれとほぼ同じことであろう。

この項で日新公の言う『君』とは、単に主君という個人に対してではなく、まつりごと、つまり公の政治を行う立場にある者、あるいはその立場そのものを指した言葉と解釈してよいと思う。

そう解釈すればさらに太子の意図に近づく。

繰り返すが日新公の教養の深さには頭が下がる。殺伐として食うか食われるか、殺すか殺されるかという戦国の世にあって、『日本書紀』や『古事記』にまで教養の領域を広げていたらしいことは改めて驚きである。

日本書紀
舎人（とねり）親王らにより奈良時代にできたもので、神代から持統天皇までが記されている。『古事記』よりも信頼性が高いといわれる。

古事記
日本最古の歴史書。神話の代から推古天皇までの皇室中心の歴史で、史料性は乏しいが文学書として価値があるといわれる。

いかに戦国の世とはいえ、毎日戦《いくさ》があるわけではなく、意外に安穏とした時間も多かったことは理解できるとしても、精神状態が問題ではないかと思う。先にも触れたことではあるが、今度の戦で果たして生きて帰れるだろうかと、そんな環境におかれてじっくり落ち着いて勉学をしようという気になるだろうか。お前はどうかと問われれば自信がない。

泰平の世に生まれ、学べる環境にどっぷり浸かっていながら、怠惰に流れて、一冊の古典さえも紐解こうとしない現代の我々が恥ずかしい。

日新公の歌に戻ろう。

『葉隠《はがくれ》』に、〝武士のあり方の先ず第一は身命を惜しみなく主君に差し上げること、次には身を修めて智・仁・勇の三徳を備えることである。三徳を備えるといえば大変なことのように思うかもしれないが、なにも難しいことではない。智とは人と相談することでこれが大きな知恵になる。仁とはその知恵をもって人のためになることをするだけのこと。勇とは何があっても歯を食いしばること、ただ歯を食いしばって突き進むことである〟とある。

今の人に相談し、書物によって過去の人にも相談して知恵を磨く。磨いた知恵によって世の中のためになることをする。その道にはもちろん障害も起こるだろうが、私心を捨てて歯を食いしばれ、ただただ歯を食いしばって進め、ということだ。

本来〝さむらい〟とはこういうものであり、武士道とはこういうものなのであろう。日新公の歌に共通の精神である。

それにしても私心を捨てて歯を食いしばる、とはどういうことだろう、と思っていたら、同じ『葉隠』にこんな一項もあった。

〝武士道とは死に狂いである。正気では大業はできない〟

どうやら私心を捨てる、とは歯を食いしばるほどのことであり、死に狂いするほどのことであるらしい。そう考えたらなんとなく納得できるような気がしてきた。

私たちは簡単に私心を捨てる、と言う。偉い政治家などはいとも簡単に言う。だが、お金は欲しいし、楽はしたい、権力は握りたいと欲だらけ、煩悩《ぼんのう》だらけの私たちにそう簡単に私心を捨てることなどできるものではない。

私を捨てる、私心を捨てるとは、歯を食いしばり、死に狂いするほどの覚悟を必要とする。それほどの重い意味がある。簡単に口に出せるほどの軽いものではない。

そう思うとこの『わ』の歌が、また違った感動をもって迫ってくるの
を覚える。

「真に私心を捨て無心に到達するほどではないにしても、少なくも邪心を捨て人生を大成したいと思うなら、大志を成し遂げたいと思うなら歯を食いしばれ、死にもの狂いになれ。そうでないと自己の失敗を周囲や社会のせいにして他人を恨み、自分の努力の足りなさを棚に上げて不平不満を言う、そんな情けのない人間になってしまうぞ」と、日新公に叱咤される自分を覚える。

三十代の半ばでアドバイザーとして独立した頃の、純粋に頑張っていた時代が懐かしい。

十四、か

学文は　朝《あした》のしほの　ひるまにも
なミのよるこそ　なをしつかなれ

『学問をするにいつということはない。朝の清々しいときも良いものだし、昼の気力充実しているときも良い。だが夜の静かに気分が落ち着いているときもまた良いものだ。』

この歌も縁語をもって飾ってある。先ず「朝」ときて次に潮の「干るま」に昼間の意味をもたせ、さらに波の「寄るこそ」に夜こその意味をもたせている。『しつかなれ』は静かで良いぞ、といった意味である。
勉学の時間帯も人によって朝型とか昼型、夜型などがあり、一番集中ができて能率が上がる時間もそれぞれ違うようだが、でもやはり最も多数派は夜型だろう。

朝の清々しいときも得難い時間なのだが、何しろ若いときは眠い。眠いのは若さの特権だと言いたいくらい眠い。

昼は学校なり職場なりで決められた行動になるから、やはり自己の意志で勉学というと夜が最適ということだろうか。

それに夜には独特の雰囲気がある。現代はテレビなどが夜遅くまで騒いでおり、夜も昼間のような感じになってしまったが、それでもそういうものを消して一人静かにしていると次第に夜独特の雰囲気に脳が浸され、何か神聖な気持ちにしてくれるものだ。そんな雰囲気の中で机に向かえば能率も上がるだろう。

日新公の時代ならもっとそのような雰囲気に包まれることができたであろうから、夜の学問を勧める理由がさらによくわかる。

私は青春時代の一時期、栃木県那須地方の山奥にある雲巌寺《うんがんじ》という臨済宗の名刹で過ごしたことがあるが、そのときの夜の雰囲気というものは今でも思い出すとゾクゾクするほど独特のものだった。深山幽谷《しんざんゆうこく》という表現がまさにぴったりで、人家もない山中の夜の静寂の中で座禅をし

雲巌寺　栃木県那須郡黒羽町の山奥にある。臨済宗の名刹（めいさつ）で門跡寺院でもある。芭蕉もここを訪れ幾つかの句を詠んでいる。

ていると、木々のサワサワというささやきや小川のせせらぎ、遠くに聞こえるブッポウソウの声などが幽遠な気持ちに浸らせてくれ、脳の汚れを消し去って澄みわたらせてくれる。

そんな脳に知識を入れて昇華させれば、たしかに大きな知恵の泉も湧くだろう。

その時には自分なりに抱いていた将来への夢があったため、私は数カ月してそこを去ったが、そのまま止まって修行を続けていたなら、はるかにましな自分が出来上がっていたものと思うと残念な気もする。

ともあれ、このように夜の勉学は価値あるものには違いないが、はて、とここで思うことがある。はたして日新公は時間的な朝と昼、夜のことのみを説いたのであろうか、という疑問だ。

解説を加えながら思うのだが、この『いろは歌』は想像以上に奥の深い意味を含んでいるものが多いようだ。そんな視点で考えてみると、この歌の朝昼夜を、日新公は人生のそれにも掛けているのではないかと思えてくる。あるいはうがった見方かもしれないが、しかし人生の少年期や青年期、壮年期あるいは老年期を、一日の朝昼夜に掛けて説く言い回

ブッポウソウ
全長三十センチほどの鳥で嘴と足が赤い。ただし「ブッポウソウ」と鳴くのはこの鳥ではなくコノハズクだという。

しはよく行われることである。

『か』の歌の朝昼夜も、人生のそれと解釈すれば、少年期の勉学も大切だし、青年期の勉学ももちろん大切、しかし壮年期老年期の勉学もおろそかにしてはいけない、と解釈できる。壮年期老年期になると人は得てして勉学心を忘れる。一定の知識は得たというううぬぼれもあるし、今更というあきらめもあり、なかなか勉学する気持ちにはなりにくい。

『いろは歌』が作られたのは、日新公五十四歳のころと言われているが、公はもしかしたら自らの戒めの意味も込めて、壮年老年になったからといって勉学をおろそかにすまじとの思いから、この『か』の歌を詠んだのではなかったろうか。

佐藤一斎の『言志四録』に次のような箴言《しんげん》がある。

「少にして学ばば則ち壮にして為す有り。壮にして学ばば則ち老いて衰えず。老にして学ばば則ち死して朽ちず」（言志晩録第六〇）

少年のころに学べば壮年になって大事を為す人物になるだろう。壮年において学べば老年になっても知力気力ともにますます活発である。老年において学べば人格見識に磨きがかかり、死してもその名声は朽ちまい、といった意味であるが、日新公の言いたかったのは本当はこのことではなかったろうかと思えてくるのである。

そのように考えを巡らせてゆくと、郷中教育の精神の根本部分が、少しばかり垣間見えてくるような気もする。

郷中教育についてはこれまでも述べてきたし、後でも時々述べることになると思うが、江戸時代を通じて薩摩藩青少年教育法の基本であり、現代のどんなスパルタ教育もかなわぬほどのスパルタ教育であった。

くどいようだが、そんな中から西郷や大久保を始め、幕末維新から日清日露戦争に至る、激動の日本を動かしたリーダーたちが輩出したのは何故か、を思案してみることは、現代日本にとっての急務課題であろう。

十五、よ

よきあしき　人の上にて　身をみかけ
友ハか丶みと　なるものそかし

『善いことと悪いこと、行うべきことと行わざるべき事の判断分別は、他人の行いを見て自らを磨くようにせよ。友は己の善悪を判断する鏡となるものだから。』

自分の考えや行動の善し悪しが自己の判断でよくわかり、是正することができるなら一番よいのだろうけれど、自分自身のことと日にも心にも曇りができて、とかくよく見えなくなるものである。

しかし他人のこととなるとよくわかる。したがって他人を鏡として自己を見、自己の考えや行動の善し悪しを判断するようにせよ、という教えである。

他人を見て自己の鏡とすることは、極めてビジュアルな自己成長の糧となる。ビジュアルな教訓ならわかりやすいし強く心にも残る。難解でありがたい説教よりも人生を生きるには役に立つだろう。

私たちは友をはじめ多くの人と交わり、書に親しむ中で自然にそのことを発見し、少しの心掛け次第で、より豊富で大きな人生訓を得られることも知ってきた。

スタート時における人の知識や知恵にはそれほど差があるわけではない。それが長年の後に大きな差となるのは、その少しの心掛け如何なのだろう。他人より以上にそのことに成功した一握りの者が、人生の師として、あるいは社会のリーダーとして人々を指導してゆく立場に立ってゆくのかもしれない。

しかしその少しの心掛けも、今の自分の周囲という限られた環境では、鏡となってくれる友人の数も少ない。

そう思ったとき、私たちはその多くの鏡を得るに最適な方法が、歴史にあることに気が付く。

歴史には、古《いにしえ》に溯って、実に数限りない教師や反面教師たちが私たちの鏡として、その人生を教えるために待っていてくれる。歴史の画面に登場してくれる偉人・賢人・英雄・豪傑、そして愚人・凡人・悪人・怠惰人たちの数は無尽蔵だ。

私たちが少しその気になってこれらの書をひもとくならば、彼らは喜んで、あたかも身近な友人として私たちの鏡になってくれる。歴史に残るような大きな事業を成した人、多大な功績を残した人に歴史を学んだ人が多いのも、こう考えると十分うなずけるのではないか。

歴史の扉を開けて鏡としたからといって、誰もが大きな事業を成し遂げられるわけではないけれど、成功者たちにとってはその扉を開けて古今の友人たちと交わった刺激が、大事業達成の原動力にもなり、引き金にもなったろうことは理解できよう。

なお、日新公の歌はそんな面倒な理屈を言っているのではないという方もおられよう。公の歌を素直に読めば、単に善悪の手本として、友を鏡とせよと言っているだけではないかという思いも確かにする。

しかしこれまでの歌を稚拙ながらも私なりにひもとき、日新公の意思を考えてきてみると、易しく見えるその歌の奥には、私たちの行動原理ともいうべきものが常にきちんと織り込まれているように思えるのである。

人として生まれてきたなら何をやらねばならないか、人間として生を享けたならその一生をどう行動して、何を世の中に残してゆかねばならないかを、教えてくれているように思えるのである。

考えてみれば、日新公の時代は戦国の世である。生死の意味するところもその重みも現代の比ではなかったろうし、そんな中にあって、公のようなリーダーたちが考える「自分ができることは何か」という命題は、より重いものであったろう。

そんな思いが、あの時代にあっても深い教養と知識学問を身につけさせた力になっていたのかもしれない。

ともあれ激動のそのような人生を送った日新公が、これからの者たちのために作られた『いろは歌』である。たとえ単純な思い入れで作られたものだとしても、自ずとそこには公の期待する重厚な何かがなくてはなるまい。

日新公五十歳代の半ばに作られたとされる『いろは歌』も、そう意識して味わってみたい。それが、まだ戦乱の世が続き、終焉《しゅうえん》が見えたわけではない中に没した、公の気持ちに報いることになると思うからである。

公は単に精神的、静的教訓のためにこの『いろは歌』を作られたのではない。悟って悟るだけの精神的聖人を作るために考案されたのでは決してない。これからを担う若者たちに躍動するエネルギーを与え、行動するバイタリティーを醸成するために作られたものである。

それあればこそ、江戸三〇〇年の太平の世にも郷中教育はそのエネルギーを失わず、薩摩藩は活火山としての活力を温存し得て、やがて、無数の公の分身たちを生んだのである。

十六、たねとなる　心の水に　まかせすは
道よりほかに　名もなかれまし

『煩悩《ぼんのう》の種となる心のままに任せるようなことをしなければ、道に外れた方向に名前が流れるようなこともないであろうに。』

『たね』とは種子であり、煩悩の種子を意味するが、人の心には本来はそのような種子はない、と陽明学では言う。

それなのに、煩悩の種子を心に植え付けてしまうとその心から悪い水が流れ始め、やがて自ら流れたその水に呑まれた心は、悪い方向に流されてゆくということであろうか。

先にも見たように、陽明学を説く王陽明は、私たちの心は本来は善で

ありその知恵は良、すなわち「良知」であると説く。心は天から与えられたものであるから、そもそもは悪の感覚がない。というよりも、悪ということを知らない。つまり善悪の区別すらないのだ。それは生まれたばかりの幼児を見ればよくわかる。

ところがその心に知識が付き、煩悩が生まれてくると悪の種子が芽生え始める。

『た』の歌も「芽生えた煩悩の心に任せなければ」と構成されていて、もともとは煩悩の心はないことが前提となっていることがわかる。

性善説なのである。

日新公のもともとが性善説なのか、あるいは孟子などを勉学し修養して形成された人格が性善説なのかはわからないが、信頼した仲間に裏切られ、許して服属を認めた相手に反旗を翻され、と辛酸をなめながらも、これらを討伐しなければならなかった公の心根を思うとき、この歌は現実味を帯びてくる。

特に、当時島津本家第十四代当主であった勝久公が、いったんは妻の実家である薩州島津家の当主、島津実久の横暴を怒り、妻を離縁してまで日新公に頼り、ために公は勝久公を助けて実久と敵対、多くの血を流したにもかかわらず、勝久公は煩悩による無明の種子に突き動かされてか、実久の策略に惑い、頼った日新公にたびたび反旗を翻す。

ばかばかしいと嫌気がさすこともあったかもしれないが、戦国の英雄の幾人かがそうであったように、公も戦乱の世の沈静という大義のために行動し活動したのであろう。

いつの世にも、たとえ初めは自己利益のための行動であっても、やがては社会的責任感や大義に突き動かされて活動するようになる人がいるものだ。社会はそのような人たちによってリードされてゆくのだが、公もそのような一人であったようだ。

一応の同族内乱の終息を見、自分も高齢になってからつらつら振り返ってみるに、野心という煩悩に任せたまま、ついに大義を見つけられずに滅んでいった者たち、ために良い名を残せなかった者たちがしのばれる。哀れでもある。

『た』の歌は、あるいは公のそうした者たちへの鎮魂歌なのかもしれない。『なかれまし』（流れはしなかったろうに）という結びに、そんな公

鎮魂歌　死者の霊を慰めしずめるための歌。

の嘆息が聞こえるような気がする。

もちろん、時は動乱の世である。きれいごとのみで通る世ではない。日新公は常に正義で、敵対する者は常に悪などという幼稚な図式などあるはずもない。正義と言えば双方が正義であったかもしれないし、悪と言えば双方とも悪であると言ってよい。

要はどちらがより多く大義と良知の心を持ち得たか、したがって風はどちらに向かって吹き、流れはどちらに味方をしたかということである。

小さな成功はいざ知らず、大きな成功を収める者とそうでない者とに差をつける、要《かなめ》の一つはここにあると言ってよい。人使いアドバイザーとしての長い年月の間に、そんな例をたくさん見てきた。

人は欲望欲求のために行動する、とは多くの心理学者が指摘するところである。マズローはその欲望欲求を五段階に分け、人は低次元の欲求から次第に高い次元の欲求に昇り、ついには自己実現欲求という最高位に昇りつめると説く。

私たちの行動を心理学的に分析するとそうなるということである。

私たちが積極的な行動を起こすためには、確かに欲望欲求は重要な働

マズロー
アメリカの心理学者。産業心理学の分野で活躍。行動と欲求に関する五段階説は有名。

欲求の五段階
人の欲求を生理的、安全、集団、承認（自我）、自己実現の五段階として、行動要因は低次から高次へと移るとする。

きをする。これ無しではやる気も生まれず、困難を乗り越える情熱も湧くまい。大いに欲望欲求を持ったらよいし、より高い次元の欲求に昇る努力をしたらよい。

だが大切なことはそこには大義がなければならないし、良知がなければならないということである。それを無視して欲望欲求のみを追い求めるとき、天も地も味方はしてくれなくなり、何よりも人に見放される。

天地人に見放された行動は、もはや道に外れた方向に流れてゆくだけであろう。

十七、れ

礼《れい》するハ　人にするかハ　ひとをまた
さくるはひとを　下るものかは

『人に礼をする、礼儀を尽くすのは他人にしているようであるが決してそうではない。また、人を見下すのは他人を見下しているようであるが決してそうではない。』

『人にするかハ』や『下るものかは』の『かは』は反語の意味である。
歌の意味を簡単に言えば、人に礼を尽くすのは結局自分に礼を行うことであり、人を見下すのは結局自分を見下すことである、ということだ。
『礼』とは先にも見たように、敬や譲の精神的要素と和合の効果を強調する社会的秩序であり、個人的規範でもある。

礼
　元は祭りの儀式とそれに伴う義務や行為のこと。これに儒家が敬や譲の精神をもたせ社会的規範とした。

佐藤一斎の『言志耋《てつ》録』に「子供でも礼をされたなら挨拶を返すべし、赤子でも礼をされたなら戯れの態度ではいけない。君子は相手を敬う心をもって甲冑《かっちゅう》となし、へりくだる心をもって盾となすべし。されば誰がそのような人に非礼をもって接するだろうか。古人も〝人は自らを侮《あなど》ることによって、人に侮られるようになる〟と云えり」（言志耋録第九三）とある。

相手を敬って礼を尽くし、へりくだる心をもって接すると、周囲もそんな人物に好意を抱くし親しみも湧く。オーラのようなものも発散されるだろうから、侮りの気持ちどころか尊敬の念をもって接してくれるようになるものだ。

一斎はそれを自ら甲冑を着て盾を持つことに譬《たと》え、そのように心掛ければ誰が非礼の矢を打ち込むものか、と言う。そして古人の言葉を引き、侮られるのは自らが甲冑も着ず盾も持たないから、つまり人に礼儀を尽くし自らを高めないからだと言う。人に侮られるのは、つまりは自らを敬わないからだというのである。

一斎はさらにこうも言う。「人は常に自ら我が心を礼拝し、それが正しくあるか否かを問うべし」（言志晩録第一七七）。

人は常に自分の心を礼拝せよ、自ら自分の心を礼拝するようであれば、良からぬ気持ちも起きず、人にも礼を尽くし、増上慢《ぞうじょうまん》の心も起きまいということであろう。ところが「人にも己にもつつしみ礼する心がなくなると、いろいろな悪心が起きてきて醜い欲心も芽生えてくる」（言志耋録第九四）ということになるようだ。

西郷はかなりの感情家であり、若いころには激した感情から上司にもよく反発をし、意見書を建白もした。維新後、政府の重鎮になってからも時々拗《す》ねたように鹿児島に帰ってしまい、周囲をてこずらせたりしている。

だが人に対する礼の心、敬の心はたいへんなもので、高位高官にもかかわらず物腰低く、会う人には誰彼となくていねいにお辞儀をしたそうで、あまりていねいなものだから、平服のときなどは相手は西郷と気づかず、大様に会釈して通り過ぎてからハッと気がつき、あわてるというようなこともたびたびだったという。

その以前、主君久光公の勘気を受けて二度目の島流しにあったとき、島の老婆に、一度にても改心せず二度も遠島にあうとは何と怠け者かと罵倒されたそうだが、顔を赤らめて深く頭を下げその老婆に謝したという逸話がある。人に礼の心を持ち、人を敬する気持ちがなければ取れぬ態度であろう。

そんな西郷は『遺訓』の中で「天は人も我も同じに愛してくれる故、我を愛する心を持って人を愛するなり」と述べている。

なるほどこの心あれば我も人も区別なく愛し、我にも人にも区別なく礼し敬する気持ちも自然と湧いてくるだろうと思う。

そんなことを思うにつけ、アドバイザーとして多くの会社とかかわりを持ちながら、最近考えることがある。

それは給与体系についてだが、近年とみに能力給重視の企業が多くなってきた。最近の給与体系は、一般に年功序列給としての職務給部分と、能力給としての職能給部分から成り立っているものが多いが、近年は職能給つまり能力部分を重視し、年功序列部分を軽視もしくは無視する傾向が強い。

激動期などのように社会が揺れ動くときには能力が重視され、安定期

年功序列給、能力給
年功序列給とは年功や年齢などを重視する給与制度。能力給とは職務を遂行する能力を重視する給与制度。

に入ると年功序列が重視されるのは歴史が教えるところだから、現代の情勢を考えれば能力給が重視されてきたのも理解できるが、しかしそれは同時に、礼の精神からする社会秩序の崩壊をも意味するのではないか。能力ばかりが重視されれば親子の親も夫婦の別も長幼の序も失われ、さらには仁も義も信も崩れてゆかざるを得ないのではないかと憂える。

これも歴史の流れであり、新しい時代への胎動であると理解したいのだが、そうだとすると混沌とした状況はまだまだ続くこととなりそうだ。

さてどうしたものだろう……。

十八、そ

そしるにも　ふたつあるへし　おほかたハ
主人のために　なる物としれ

『臣下が主人を謗《そし》るにも二通りあるものだが、でもその大方は当の主人のためになるものだということを知るべし。』

二通りの謗りとは何だろう。

そもそも謗るとは人を非難したりけなすことだが、それは相手に腹が立ったときや憾《うら》みに思ったとき、軽蔑したときや不満を持ったときなどに起きる言動のようだ。あるいは情けないとかしっかりしてくれとか、めげないで頑張ってほしいなど、つまりエールを送りたい気持ちが裏返しの表現であらわされる場合もあろう。

考えてみると、私たちはいろいろな場合に人を謗っているようだが、整理してみると自己のプライドや利益などを傷つけられたと感じたときと、相手に忠告もしくはエールを送ろうとするときに分かれるようだ。二通りとはこのことではなかろうか。あるいは単に複数という意味なのかもしれない。

いずれであるにせよその大方は、謗られる上の者にとって大切な道しるべとなる。したがって忠告やエールのために送られた謗りはもちろん、自己のプライドや利益のために投げ付けられた感情的謗りであっても、寛容の大度量をもって受け入れるべし、と日新公は説いているのであろう。

説かれることはもっとものことではあるが、実際にはどうだろう。まして下の者からの謗りに対してそれほどの忍耐ができ、寛容の大度量をもって受け入れられるようになるには、相当な精神修養が必要なようだ。

特に自己の利害のための謗りに対してはこちらも冷静さを失いがちになろう。だがそれも、相手につけ入られ乗ぜられる隙《すき》がこちらにあるからであり、上に立つ者として、リーダーとしての力量が足りず、やり方がまずかったからと理解できれば、かえってありがたい気持ちにもなれるかもしれない。

そしてその精神修養や忍耐、寛容の心や反省心を発展させて、ではどうしたらよいのか、何をどう変えたら誇る者もいなくなるのかと思考を進めてゆくなら、また新鮮な感動も呼び起こされ、内面が磨かれてそこから新たな行動が生まれてくるかもしれない。前の『れ』の歌にも通ずる精神である。

繰り返すが日新公は行動の人である。ただ反省して精神修養する静的聖人ではない。そんな公の説く『そ』の歌である。そこには当然に、右のような行動原理が含まれていると解すべきであろう。

ところで、陽明学では「事上磨錬《じじょうまれん》」ということを強調する。王陽明の説く精神修養法である。

すなわち精神を修養する、自分を鍛えるということは、事上、つまり日常の生活や仕事という実際の行動を通して行えばよいし、またそうでなければならないと言うのである。

事上磨錬
王陽明の説。静時の修行は動時にはむしろ役立たぬとし、動時の修行、つまり物事に対処しながらの錬磨こそ大切とする。

もちろん読書などの勉学や他人から学ぶことも大切だが、それだけでは実践に当たっての知恵が生まれない。

陽明は『伝習録』の中で、〝静時には頭も心も好いのですが事に遭遇するとそうではなくなります。何故でしょう〟という弟子の問に、〝いたずらに静的修養ばかり行って克己の工夫をしないからである。そんな状態で事に臨めば頭も心も役に立たなくなって当然。人はすべからく事上において修養し、錬磨すればしっかり完成される。そうあってこそ静時であっても事に遭遇しても、頭と心は良く澄んで定まるのである〟と答えている。

人から誇られて動揺し、すっかり落ち込んだり、あるいはそれ以上の誇りで反撃するようではそもそも修養ができていないわけであるが、たとえ寛容の大度量で受け入れても、ニコニコ悟ってそれで終わりというのでは、これまた静的修養の域を出ない。

一歩踏み込んで自己改造、自己変革の行動を起こし、日常の事上において錬磨をし、克己の工夫をしてゆくことこそが、『そ』の歌に込められた日新公の真意であろうと思う。

稲盛和夫氏は、二宮尊徳の実践行動力とその優れた人格について触れた講話で、人格とは本来仕事に打ち込むことによって身についてゆくものであって、なまじ学問を修めたり本を読んだり程度で身につくものではないという。まさに事上磨錬の精神であろう。

殊に日新公のように、実戦集団を率いて死ぬか生きるかの戦闘に勝利するように導くということは、机上の学問や修養で成し遂げられるものではない。

少しでも部下の心を離反させ、リーダーを誇りたくなるような空気が起きてくると、集団はとたんに戦意を喪失する。構成員に戦意のない軍団では、いかに装備が優秀であり、軍費が豊富であろうとも勝利するはずがない。それは歴史がいやというほど証明してくれている。

譬えにも、一匹の狼に率いられた羊の軍団と、一匹の羊に率いられた狼の軍団とが戦ったなら、どちらが勝つかという話がある。

勝つのは一匹の狼に率いられた羊の軍団というのが答えだ。軍団構成員は弱い羊たちであっても、リーダーがしっかりと彼らの心をつかみ、鍛え上げ、戦意を高揚すれば勝てる。勝利の要《かなめ》はリーダーにありという教えだ。

信長は豊かな穀倉地帯に育った弱い将兵たちの心をつかみ、鍛え直し、戦意を高揚して常勝軍団に育て上げた。信長軍が強かったのは、何事も理詰めで考えがちな歴史学者の言うように、農閑期にしか使えない農民兵ではなく、いつでも戦える傭兵制度に切り替えたから、というだけではないのである。

そのような物理的理由よりも、軍団の強い団結心や燃えるようなやる気といったことの方がはるかに重要である。

繰り返すが、アドバイザーとして多くの会社の浮沈に付き合ってきた経験からも、この譬え話の正しさにうなずかざるを得ない。特に中小企業にあっては、発展するも消滅するもトップの力量如何であると断言してよい。優秀な人材の集まらないのを嘆き、それが発展を阻害していると本気で考えている経営者がいるが、トップが優秀なら人材も育つものだし、そんなトップにほれ込んで優秀な人材も集まってくるものだ。

優秀な人材のいないことを嘆くのは、そっくりそのままリーダーとしての自己の無能さの証明を意味する。

十九、つらしとて　恨《うら》ミかへすな　われ人に
むくひ〳〵て　はてしなき世そ

『いかにつらいことを仕掛けられたとしても、その恨みを返してはならない。恨みを返せば自分と相手との間に恨みの返し合いが繰り返され、果てしなく続くことになるぞ。』

『われ人に』とは、我と人に、つまり我と他人の間に、ということである。

趣意は、恨みをもって恨みに報いるべからず、ということであってわかり易い。趣意はわかり易いが、その実行となるとこれはかなり難しかろう。おそらく前の『そ』の歌より困難なのではないか。

個人でも組織でもあるいは国家間でも、恨みに報いるに恨みをもって対処した結果、ケンカになり戦争になるという例は枚挙に暇がない。それほど恨みとか復讐といったことは、煩悩《ぼんのう》の世界に住む私たちにとって消し去り難いことなのだろう。

余談ながら、世の中の動きについて、識者はいつももっともらしい理論を展開するのが常だ。そのような理論を聞いていると、何か人間は冷静に理論のみによって行動しているように錯覚するが、実際には私たちはそれほど理性的、理論的ではない。理論よりもむしろ感情によって行動する場合の方が多いのではないかとさえ思う。

国家間のような大きな関係でさえ、相手国を挑発して怒りや恨みの感情を醸成し、自国国民の感情を煽《あお》って戦いも止むなしとの戦意を高揚させるなどは、戦略上の常套《じょうとう》手段ですらある。例えば昭和の大戦における米国の戦略にも、日本に対してと自国民に対しての感情操作が重要な意義を持ったようだ。

国家間でさえそのようなのに、ましてや個人間のものごとが感情を抜きにして推移するなどとは考えにくい。

それを、恨むな、恨みを返すな、恨みに報いるに恨みをもってしてはならぬと、日新公は説かれる。

何故か。もしや日新公は聖人君子を装って、このような無理難題をサラサラと、あたかも他人事のように言ってのけただけなのであろうか。

改まって思いを致せば、日新公が生きた時代、生きて活動した時代はくどいようだが戦国前期であった。『いろは歌』に接しているとついそのことを忘れがちだが、この時代背景は忘れてはならない。

戦国期も後半に入ると、信長に代表されるように大きな目標を掲げて事態収拾に動き出す者も出てくるが、室町幕府のタガがゆるんで統制力が利かなくなってきた前半期は、それぞれがそれぞれの思惑によって勝手気ままに行動し始め、利害のからんだ思惑どうしがあちこちでぶつかり合い、混乱した戦いに収拾がつかなくなっていった頃である。

当然、利害のからんだ戦いは勝者に対する恨みを敗者に植え付ける。その恨みを返すかたちで前の敗者が今度は勝者になり、勝者だった者は敗者となって恨みを残す。

恨みを抱いた敗者は、利害の合致した者を同盟者として勝者に挑みか

室町幕府　足利尊氏創設の武家政権。初めから統制力に欠けていたが、応仁の乱以降権威失墜、戦国の世となる。

かり、と、いつの間にやら『むくひ〳〵てはてしなき世』になってゆく。

日新公は薩摩平定の戦乱に明け暮れる中で、幾度となくこのような情けのない状況を見聞きもし、自ら体験もしたのであろう。聖人君子を装ったのでも、言葉だけのきれいごとでもなく、公自身が肌で感じたその感慨の結実が、この『つ』の歌であるようだ。

そのように考えると、理想論のように見えるこの歌も、実感を伴って私たちの心に焼き付くのを覚える。

先にも見たように日新公の基本的精神は性善説であるといってよいと思うが、この歌は特にその精神からでないと理解できないし、実践もまず無理であろうと思う。

しかしそれだけに気高い。

日新公のこの思いが、その後の薩摩にどの程度受け継がれていったのかはわからないが、幕末期に、それまでの長州との怨念を捨てて和解したことや、水戸天狗党の赦免要請、薩摩屋敷を焼いた庄内藩への戦後の寛大な処置など、一連の動きの中に『つ』の歌の精神を見ることができ

長州
長門（ながと）の国のことで毛利藩を指す。不仲の長州と薩摩の両藩が坂本龍馬の仲介で討幕同盟をし、このときから幕府崩壊は加速する。

水戸天狗党
水戸藩尊攘派のことで藤田小四郎らによって幕末に乱を起こし、捕らえられて斬首された。

庄内藩
戊辰戦争において薩長軍と戦って敗れたが、西郷や黒田清隆らによって寛大な処分で済んだ。

る。

朝廷の長州征伐の勅命に対しても、大久保は久光公に代わっての朝廷への建白書で、いま長州は四カ国からの砲撃を受けて苦境に立っている旨を述べ、〝元来長州の逆意容易ならず儀に候えども〟としながらも、今は寛大な処分が大切とし、下手に動くと未曾有の大事故になり、後世非難の因となる、と述べて翻意を促している。

もちろん政治的意図あってのことではあるが、長州への恨みを捨てての建白書には、公の思いを満足させるものがあろう。

西郷の「敬天愛人」の精神も、日新公の精神にダブらせて思うとき、現実論を踏まえた上での理想の精神として、改めて親しみを感じるような気がする。

先日、寺院を訪ねるテレビ番組で、ある著名な俳優が、殺してやりたいほど恨んだ奴も、こうして手を合わせていると、何故か心が平穏になって許してやれる心境になってくる、と言っていた言葉を思い出す。

恨みとはそれほど根の深いものであるから、心の底から消し去ることはなかなか難しいと思う。そんな人は先にも取り上げた次の箴言《しんげん》をもう

敬天愛人
西郷隆盛が好んで使った言葉で彼の精神でもある。儒学や神道の教えからのもので天とは天理であり、天の神のことでもある。同じ薩摩出身の稲盛和夫氏が創業した京セラの社是でもある。

一度思い返していただきたい。

「人は恥を知ってこそ本物の志を立てる気になる。恥を知って立てた志は、必ず大きな実を結ぶ」（言志録第七より）

〝恨み返す〟のではなく、これも自己の至らなさ故と恥じ、恨みを自己の志に替えてしまう、のである。

二十、ね

願ハすは　へたてもあらし　いつはりの
よにまことある　伊勢《いせ》の神かき

『偽りの多い世の中にあって真実、誠の神である伊勢の大神宮は、無理な望みさえ起こさなければ、決して誰彼の分け隔てはなさらない。』

『神かき』とは神垣、つまり垣根の内の神聖な所の意で、神社のことをいう。

『伊勢の神かき』とは、言うまでもなく伊勢の大神宮のことであり、そこに祀られている天照大神のことである。

歌の意は、偽り多い世ではあるけれど、至高至貴にして誠の神である

伊勢の大神宮
三重県伊勢市にある皇室の宗廟。日の神である天照大神を祀る皇大神宮（内宮）と、五穀豊饒の神である豊受（とようけ）大神を祀る豊受大神宮（外宮）との総称である。

天照大神《あまてらすおおみかみ》は、こちらが無理な望みや悪しき望みを抱かなければ、誰彼の差別なく光を与えてくれるものだ、ということであろう。

天照大神は皇室の祖神とされているが、では日新公は皇室尊崇の念厚きがゆえにこの歌を詠まれたのだろうか。

皇室尊崇の念はもちろん厚かったろうが、この時代はすでに武家に統治権が移って久しく、天皇の実質的統治権は元号の制定権と官位の授与権などに限られる有り様であったから、精神的尊崇の念はともかく、実質的権威者としての認識は日新公に限らず、一般的にそれほど高くはなかったと思われる。

したがってこの歌は皇室に対する尊崇というよりも、伊勢の大神宮に祀られた天照大神を中心とする、神道思想に拠っているとしてよいであろう。

日新公は神道にも造詣が深かったことはすでに述べたが、ここで神道について少し触れてみよう。

神道とは文字どおり神の道であり、神々が立てた道である。また天から降臨された天照大神の道であり、天の道であるといってもよい。

天照大神
天下の柱神であり、日の神つまり太陽の神でもあり皇室の祖神ともされる。

元号
年号ともいい、慶事や災害、新天皇の即位等の時に、新元号が定められた。現在は一世一元とされる。

そしてこの天照大神こそは、『日本書紀』によればイザナギ、イザナミの両尊《みこと》により「天下の主者を生まざらむ」とて生み出された神であり、天上天下の主であり、私たち人間の（日本人の）総親神としての地位を与えられている。

しかもこの天照大神は、天地に恵みをもたらす日の神であり、すべての生気あるものを差別せず、等しく恵みの光をもって生育させる。例えば米麦は生育させるが雑草には光を与えないということはない。なぜならそれが天理であり天照らす神の道であるからである。

この大神の恵みによって、つまり神の道によって米麦も雑草も生育するが、しかし私たちは雑草は除いてより多くの光を米麦にあてて育む。これが大神の道に包まれての人のためにする道、すなわち人の道である。

これが人道であり、ここまでが人道である。すなわち、純粋な神の道ではないけれど、その許容範囲ということである。これを越え、これに違えては人の道に外れることになる。

言い方を変えれば、神の道とは神に見習うべき道のことであり、人の道とは人として踏み行うべき道ということであろう。

日新公の『ね』の歌の真意はここにある。すなわち、神の道そのものではなくても、人の道さえ踏み外さなければ、天照大神は誰彼の分け隔てなく光をあててくれ、その願いをかなえてくれるものである、ということだ。

公は、室町幕府の衰退に伴ってそれぞれの群雄が、利害のからんだ思惑によって勝手気ままに行動し、戦いに明け暮れる日常を見ている。そこには神の道はおろか、人の道さえ存在しない。そのくせ、それぞれが無理やりに大義名分をこじつけ、自己の側こそ正義として神に勝利を願う。

そんな人間の身勝手さを見聞きし、それに振り回され、戦ってもきた公の、これは心から出た実感の歌であったかもしれない。

〝理想として神の道があるけれど、現実の世にそれはなかなか難しい。だがせめて人の道は踏み外してくれるな。それさえ守るなら、私たちの総親神である天照大神様も、分け隔てなくみんなの願いに光をあててくれるだろう〟と。

この歌は、子を慈しみ愛でる親の心を、総親神である天照大神に託して詠んだ歌と解釈しても、決して間違いではあるまい。

なお『いつはりのよにまことある』（偽りの世に誠ある）の語には、正義でもないのに正義を装い、邪心からであるのに誠からのように振舞うなどは、誠の神である天照大神には所詮《しょせん》見抜かれるもの、との意味も含まれているようだ。

「心だにまことの道にかなひなばいのらずとても神やまもらむ」とは、江戸初期の禅僧、沢庵《たくあん》禅師の歌である。

日新公の時代でも、沢庵禅師の時代でも、そして現代でも、私たちは何かと神仏に祈る。心をもってしまった私たち人間は、悩みとか不安とか恐れ、あるいは願いや望みの解決を神仏に託して祈る。

時には無意識のうちに、時には意識して、いささかよこしまな願いや望みを託してしまうこともあるだろう。そんなときには、公や禅師の警策で鞭打ってもらうのもよいかもしれない。

沢庵禅師
江戸初期の臨済宗の僧。権力と争うなどしたが後に将軍家光に重用された。一切の地位や名誉は断り一修行僧を貫いた。

二十一、な

名を今に　のこし置ける　人もひと
こゝろも心　なにかをとらむ

『名声を今日に残すような立派な業績を上げた人も人、心も同じ心、どこに劣ることがあろうか。』

ここでいう『こゝろ』とは、精神とか情熱といった意味であろうか。

孔子が最も愛した弟子で、孔子よりはるかに年下で、しかも若くして亡くなった顔淵《がんえん》に「舜何人ぞや予何人ぞや」というよく知られた言葉がある。聖天子と言われる舜も人なら私も人、舜のような立派な行為がどうして私にできないことがあろうか、という意味である。

この語を受けた形で『孟子』にも「舜《しゅん》も人なり、我も人なり」（離婁《りろう》

孔子
　儒学（教）の祖。諸国を歴訪して徳治主義政治を説く。晩年は弟子の教育と著述に専念。その思想は後世に大きな影響を及ぼす。

顔淵
　字（あざな）は子淵。学才も徳も高く、孔子に最も愛されたと言われる。若くして没した折、孔子は、ああ天我を滅ぼせり、と嘆じたという。

編）とある。

この、彼も人なら我も人、という想いは、私たちが困難な何かをやろうとするときに実に効果的な働きをする。あの人にできたのに自分にできないということがあろうか！　という具合だ。

この想いが生まれると、自然と闘志のようなものが湧き上がり、よし、という気になってくる。カベに突き当たって、挫折しそうになったときのおまじないとしても効果があるだろう。

第一次第二次両大戦の名将パットン将軍は、ナポレオンを想起しながらアフリカに侵攻し、西部戦線を戦って勇猛を馳せたし、そのナポレオンはカルタゴのハンニバルを想って吹雪舞うアルプスを越えミラノに入城している。いずれもが、彼も人なら我も人、の心意気であったであろう。

ここで今一度、日新公の言われる『こゝろ』について触れてみよう。公が学んだ朱子学に「人心常に活なるを要せば、周流して窮《きわ》まるなく、而して一隅に滞《とどこお》らず」という言葉がある。

心が常に活き活きとしていれば常に溌剌《はつらつ》たる水のように流れて窮まる

パットン将軍
第一次第二次両大戦で戦車軍団を率いて活躍。勇猛を恐れられた。

ナポレオン
対外戦争で連戦連勝し、フランス皇帝となるが、ロシア遠征に失敗してから没落。

ハンニバル
カルタゴの名将で冬のアルプスを越えてローマ軍を破るなど、常にローマと戦い続けた。

ことなく、滞ってどんより澱《よど》むこともない、という意であるが、「心」はこのように朱子学でも重視され、その心を情と性に分かち、純粋な心たる性をもって理として、これを「性即理」と呼ぶことは先に述べた。

それが陽明学になると、やはり先に述べたように「心即理」となり、心はそのままで理であり道理であり、行動を伴う道理であるということになって、より重視されることになる。

この項でいう「心」は精神であり情熱のようなものと先に記したが、性即理であれ心即理であれ、一歩を進めれば道理、それも行動を伴う道理としての精神ということになる。

つまり公のいう『こゝろも心』とは、常に活き活きとして行動を伴う道理としての心、その心が自分にもあるなら〝舜も人なら我も人〟と胸を張り、『なにかをとらむ』との心意気にもなれる、ということである。

公はそのような『こゝろ』をもって、ぜひ彼も人なら我も人の気概を起こしてほしいとの望みを、若い者たちに託したのであろう。

私たちは歴史を学び、大きな業績を残した人物の伝記を知るたびに、彼も人なら我も人との情熱に突き動かされ、発奮させられる。志ある者にとって、この想いは他に変えがたい刺激剤でもある。心の底から俺もやるぞとの情熱が湧き上がってくるものだ。

さて、ここで再び京セラ、稲盛氏に登場していただこう。

稲盛氏は「成功の方程式」なるものを説く。それは「人生・仕事の結果＝考え方×能力×熱意」という計算式で成り立っている。まず「能力」は、いわゆる才能であり、持って生まれた適性等で多分に先天的なものだから、本人の努力ではどうしようもない面がある。しかし「熱意」というのは、自分自身で決めることができる。この能力と熱意には最低の〇点から最高一〇〇点まである。仕事をするときには、この二つの要素が掛け合わされる。

したがって、飛び抜けた才能がなくても、それを補う情熱を燃やして人一倍の努力をする人は、才能に恵まれながらそれにあぐらをかいて努力を怠る人よりも大きなことをなし遂げることができる。

もう一つの「考え方」というのは、どういう心構えで人生を送り、仕事をするかということである。それは「心」であり、「良心」であり、「信念」「哲学」でもある。この考え方にはマイナス一〇〇点からプラス一〇〇点まである。後ろ向きの「考え方」にとらわれている人、つまり「考え方」がマイナスだと、人生もマイナスになる。一方、前向きで素直な考え方をもった人はその考え方もプラスであり、人生や仕事の結果もプラスになる。

この方程式は足し算ではなく、掛け算でなくてはならない。なぜなら、古今の歴史を見てみても、また現代の成功人たちを見てみても、その成功要因に占める「考え方」と「熱意」のパワーは、とても足し算で収まるものではなく、どうしても掛け算でなければならないからである。掛け算であるから、たとえ才能が豊かでない人でも、前向きの姿勢で熱意に満ちた努力をすれば素晴らしい人生を送ることができる。つまり、どこにでもいる普通の人でも、真面目に情熱をもって努力すれば、天才と言われる人たちよりも素晴らしい結果を生み出すことができる。逆にいくら才能に溢れていても、マイナスの考え方が強ければ、結果はすべてマイナスとしか出ない。

これが、成功のための、稲盛流方程式である。氏の言う「考え方」が、日新公の説く『こゝろ』であること、言うまでもない。

ところで最近、ベンチャー起業家として業を起こす若者がとても多く、そんな彼らと接する機会も増えてきた。彼らはいずれもが闘志満々であり、〝彼も人なら我も人〟の気概に満ち満ち、やらんかなの意気十分である。

そんな彼らなのに、残念ながら失敗して敗れ去るものも多い。いや、正直に言うなら、成功する者よりも失敗して敗退する者の方がずっと多い。しかも、有名大学を出て大企業に勤めエリートコースに乗ってきた者の方が、さほどの教育も受けずに中小企業でがんばってきた者よりも多く失敗する。

その理由は、大企業のエリートさんたちは歯車として経営の一部分しか担当してこないのに対し、中小企業のがんばり屋さんたちは何でもやらされるから、自然と経営のすべてを身につけ、成功と失敗の何たるかを理解するようになることにあるのだろう、と、以前は思っていた。

その理由は確かにある。確かに原因として成立するとは思うのだが、しかしどうもそれのみではなさそうだとやがて気が付いてきた。エリートさんたちは、それまでの社内では高く評価されてきたためか、傲慢さが身につき、社会を甘く見る傾向が強い。彼も人なら我も人の気概で起業するのはよいのだが、その思いばかりが先行して地に足が着かない。能力や才能のみが成功の要因と思っているところが特に致命傷だ。

一方のがんばり屋さんたちは、社会の厳しさも心得ているし、成功の第一要因は決して能力でも才能でもないことを知っている。誠意ある行動とか信頼される人柄が優先することを肌で理解している。

つまり道理のこころ、陽明の言う、人が本来もっている素直な心（本性）と、そこから生まれる道理の精神が、エリートさんたちには失われていることが敗北の基本的要因であるということだ。

二十二、ら

楽《らく》も苦《く》も　時過《ときすき》ぬれハ　あともなし
よに残る名を　たゝ思うへし

『楽しいことも苦しいことも時間が過ぎれば跡形もなくなるもの。後世に残ってゆく名をこそひとえに思うべきである。』

楽しかったことも苦しかったことも、時間が過ぎればなにも無くなってしまう。自分が生きているときですら、苦楽は単なる想い出になってしまうし、ましてや死後は跡形もない。ならば一時の苦しみや困難から逃げるようなことはせず、ただただ後世に残る名声をのみ考えて行動すべし、ということであろう。

喉元過ぎれば熱さを忘れる、という言葉があるが、確かに苦も楽もその時を過ぎればさほどに感じなくなるものだ。特になぜか苦は、かなりの苦であっても過ぎてしまえばかすかな想い出になってしまうことが多い。心理学的には嫌なことは早く忘れようとする心の働きのゆえだそうだが、そうであるなら、この苦しみも一時と割り切って、後世に残る名声を想い、それを楽しみとして活動せよということになるのだろう。

楽しみ、快楽なども同じこと、しょせん一時のことなのだから、そんなことを追い求めて時間や金を浪費したあげくに、良からぬ評価を後世に残すなどは愚かの至り、ということになる。

言わんとするところは明らかでありもっともではあるが、苦しみをなるべく避け、楽しみを追い求めて生きている私などは、ただもう言葉に窮して唸《うな》らざるを得ない。

苦しみを避けようとする気持ちが、いろいろなアイデアを生み、楽をして成果の上がる道具を開発し、機械を発明して社会を豊かにし、人類を幸福にもしてきたという持論をもつ私は素直にはうなずけない。

社会が豊かになることが、必ずしも人類の幸福につながるわけではない、という反論はあるにせよ、大枠ではこのことに大きな間違いはあるまい。

楽しみも同じである。

楽しみが待っているから頑張る気にもなれ、それこそ困難を乗り越える気力も生まれる。楽しみ大賛成人間の私などは、毎日の楽しみ、一週間の楽しみ、一カ月後、一年後、五年後、十年後の楽しみを目標として想い描き、夢想し、武者震いして頑張るエネルギーを湧き上がらせてきた。

それを、そんなものは『時過ぬれハあともなし』などと言われても、そう簡単に〝なるほどそうですか〟とうなずけるものではない。

しかも、苦を楽に変える努力をして素晴らしい発明をした人や、楽を追い求めて大事業を成し遂げた人が、きちんと世に名を残している事実を知ればなおさらである。

と、いささかヘソを曲げてはみたが、もちろん公の真意はそういうことではあるまい。

ことさらに苦を求め楽を捨てよというのではなく、いたずらに苦を避け安きにつき、快楽を追い求めて遊蕩《ゆうとう》怠惰に流れることを戒めての『ら』

の歌であろう。

道理にかない、誠心をもって進んだ道に得た楽や利益までをも否定するものではないし、わけもなく自らを苦しめ、苦の目的のためだけに苦しむことを推奨するものでもあるはずがない。

ところで少し横道にそれるが、利益については心のありよう、物事に対する考え方がいかに大切かということを説く稲盛氏が明確な答えを出す。

「江戸時代、石田梅岩《いしだばいがん》が『商人の売利は士の禄に同じ』と言い、近代では松下幸之助さんが『よい品物を製造し、それを安く大衆に供給する結果として与えられる報酬が利益なんだ』とおっしゃった。つまり、どちらも利益を追求する商人が一段下に見られ、蔑《さげす》まれた目で見られることに対する反発を感じてそういうことを言われた」という例を引いて、経営者は「利を求むるに道あり」ということを守って、決して暴利をむさぼらないというモラルがあれば、利を求めるのは恥ずべきことではないと言うのである。やはり、道理にかない、誠心をもって得た楽や利益は肯定されてしかるべし、ということであろう。

石田梅岩
江戸中期の思想家。石門（せきもん）心学の祖。京都に講席を開き、商人の役割を肯定するなど庶民を教化した。

さて本論に戻るが、この歌の後半はともかく、前半は妙に虚無的だ。もしかしたら公は、静かなときに自らのこれまでを振り返って見たとき、道理にかなうよう進んできたという自負心と、やっと少しは楽になったかとの思いに浸ったのではなかったろうか。

そして、誰しもがそうであるように、苦労して果実を手に入れたあとに来る虚脱感というか、虚無感に、公も襲われたとき、ふと口から漏れたのがこの『ら』の歌だとしたら、この歌もまた違った感慨をもって私たちに伝わってはこないだろうか。

そんな虚無感の中で、しかし道理に背くことはしなかった。戦いであるから時に戦略としての駆け引きもあったし、計略も使いはしたが、大道には背いていない。その評価は後世の者たちが正しく行ってくれるだろう。

そう想いながら『楽も苦も時過ぬれハあともなし……』と、口ずさんだのだとすると……。

と想像してみると、何やら公が、静かで広くほの暗い部屋の中で一人座し、目を閉じて、去来するこれまでの幾多の苦労や辛酸を想い出し、それらをあたかも楽しむかのように、少しほほ笑んでいるような、はにかんでいるような、そんな姿が思い浮かぶ。

郷中教育の精神を受けて育った稲盛和夫氏は、京セラが世界の企業になり、ＤＤＩがしっかりと地に足をつけて立ったのを見届けたころ、仏門に入ることを決心したという。日新公の心境に無縁ではあるまい。そういえば日新公も在家菩薩《ざいけぼさつ》を称している。

「天下後世まで信仰悦服せらるるものは只是れ一箇の真誠也。（中略）誠ならずして世に誉められるは僥倖《ぎょうこう》也。誠篤ければ縦令《たとい》当時知る人無くとも後世必ず知己《ちき》あるべし」

〝後世まで信頼され尊ばれ喜んで服す気になるのはただただ真の誠である。誠なく世に誉められるのは何かの偶然に過ぎず、誠厚ければたとえその時は知る人いなくても、後世必ず認められる〟とは、西郷の『遺訓』の中の箴言《しんげん》である。

付記すると、稲盛氏は仏門に入るときの心境を、主宰する「盛和塾《せいわじゅく》」の機関誌で次のように述べている。

「会社を自分のもの、自分がいなければ会社はどうにもならないと思っ

在家菩薩
菩薩とは仏陀の道を学ぶ人、利他行を行う人。大願と不退転と勇猛精進が条件。出家せずに条件に適う者が在家菩薩であろうか。

盛和塾
稲盛氏を塾長とする若手経営者の勉強会で、経営のことや人としての生き方を学ぶ。現在、国内と海外（ブラジル、台湾）に五十四塾。

て身を退くときを失い、老醜をさらした例を自分はいくつも見てきた。私はまだ元気で、若さが残っているときに第一線を退きたいと思った。また、自分が身を退くことによって後継者の方に思い切って仕事をしてもらいたいとも考えた。

人生には社会へ出ていくための二十年間の準備期間があるように、死を迎えるにあたってせめて二十年くらいの準備期間があってもいいと思っていた。その準備のためにも閑職に退いて勉強したいと思った」と。

そして、続ける。

「自分を高める。つまり、魂の純化と浄化に努めてみたい。それが、人間としての修行だと思う」

二十三、む

むかしより　道ならすして　おこる身の
天のせめにし　あハさるはなし

『昔から道を外れて奢《おご》る者で天の責めにあわない者はいない。』

「奢れる者久しからず、ただ春の夜の夢のごとし。猛《たけ》き人もついには滅びぬ、ひとへに風の前の塵におなじ」とは古来伝わる名叙事詩、『平家物語』の冒頭の部分だが、日新公も清盛と平家の滅亡をイメージしながら、この歌を詠んだのではなかろうか。『むかしより』とあるのもそのゆえのようだ。

歴史を眺めても、文字通り昔から、平家一族に限らず多くの人が道ならずして驕《おご》り、天の責めにあって滅んでいった。大きく見れば時代の転

平家物語
　平氏の滅亡を無常感あふれる文体で書いた叙事詩的物語。仏教と儒教の思想が色濃い。

清盛
　平清盛のことで、伊勢平氏の出。平治の乱で勝利してから繁栄を極めた。

換がそもそも、道ならずして驕れる者たちを天が責め滅ぼすことであると言ってもよいのかもしれない。

藤原の世も平家政権も、鎌倉幕府も足利時代もそのようにして滅んでいった。

信長もそうであったし、秀吉の後継者たちも同じだ。徳川の時代とて例外ではなく、無能なリーダーたちが驕る心で怠惰を決め込んでいる間に、ハッと気が付いたら天は彼らを責め始めていた。そうなると二、三の賢者たちがあわてでももはやどうにもならない。

余談ながら、天に責められて自ら滅んだその後を襲って始められた明治以降の歴史も、早、百数十年。今日の世は、何やら徳川の末期症状に似た様相を示し始めたような気がしないでもない。

賢明な政治家や官僚諸氏がたくさんおられるようだから安心はしているが、彼らが賢明さを失って驕れるようになったとき、天は間違いなく内から責め始める。もしかしたらすでに……。

まあ天下国家のことはさておき、目を私たちに移してみれば、やはり道を外れて驕れる結果、天の責めにあって滅んだ者は枚挙に暇がない。

藤原の世
平安時代の後期を指し、摂関家藤原氏が実力を握っていた貴族政権時代。

鎌倉幕府
源頼朝が鎌倉に幕府を打ち立て、北条氏が後を受け継いだ政権。

足利時代
足利尊氏が創立した室町幕府の時代のこと。

ある書籍店主が在った。親の残した財産によって書籍店を開いた。その街には書店が少なかったためか順風に帆を揚げるがごとくに進んだ。しだいに自信もつき、店舗も二店、三店と増えて、わずか数年で五店以上を数えるようになった。が、そのころから順風は止まり、少しずつ逆風に変わり始めたらしく、今度は反対に一店また一店と閉鎖され、旗揚げ以来十年もしないうちについに全店閉鎖に追い込まれてしまった。

何か特別なことが起こったわけではない。街の人が本を買わなくなったわけでもない。その後にできた書店は順調に売上を伸ばしている。表面的には何も理由はない。

順風の盛りにあったころから、逆らう共同出資者を追い出し、よき助言者たちを遠ざけるようになったというが、しかしそれらは経営者が成功して自信をつけてゆく過程では、ある程度起こり得ることだ。むしろその方がよいくらいでさえある。船頭は一人でよいし、周囲の差し出がましい口出しはかえって舵取を誤らせるからだ。

だがしかし、この人物の場合は少しばかり様子が違った。

増上慢《ぞうじょうまん》、驕りへと変化していった心は、何よりも自分自身を変えた。

「敬」の気持ちも「譲」の心も消え、人間的魅力は失われた。スタッフたちに対する「仁」の精神すらなくなって、有能な者から去って行った。いくら入れてもすぐに去る。こうして次には顧客たちが寄り付かなくなったのである。

どうやら『道ならすしておこる』ことに天が下した責めであったようだ。

「天」とは、仏教では神や神霊のようなものが存在する領域のことであり、日本のような大乗仏教の世界では極楽を意味する。神道《しんとう》では日の神である天照大神を中心に諸神が存在する天界のことであり、あまねく下界を照らしてくれるとともに統治もする。

儒教的には宇宙の理であり天理であって、躯殻《くかく》（身体）としての私たちに天理としての心（朱子学では心のうちの性）を授けてくれるものである。したがって私たちの心（性）は本来善であって、その実践が天命であるとする。「五十にして天命を知る」（論語）などの言葉が生まれる所以《ゆえん》である。また天命とは運命に対抗する信念であり、人は運命ではなく天命によって、つまり自己以外によってではなく自己自身の心（性）

神道
日本固有の民俗信仰。やがて神社が作られ、仏教と習合し儒学と結び付きいろいろな神道説が説かれ、いくつかの教派も現れている。

によって動いてゆくとする。

『む』の歌で公が説く『天』の思想には、公が学んだ仏教から神道、儒教のすべてを取り込んでいることがわかるが、特に儒教からの思想が色濃く入っているようだ。

仏教や神道からだと、天は私たち人知の及ばぬところに存在していることになるが、儒教によれば天はすでに私たちの心（性）の中に存在することになる。

したがって、私たちが本来善である心（性）に逆らった実践、つまり天命に逆らった行動を取れば、天のすなわち自己自身の責めを受けることとなる。自己に〝責め〟を与えるのは自己以外ではなく、自己自身なのである。

日新公が『天のせめにしあハさるはなし』として説きたかった、天の意味とはこのことではなかったろうか。

ついでながら陸象山《りくしょうざん》と王陽明はこの天理と心の関係をより明らかにして、「心即理」を説いたことはすでに見たとおりである。

付記すると、稲盛氏は、よく魂に関することを説く。そのテーマは

陸象山　南宋の儒学者。朱子と同時代の人で朱子の性即理に対して心即理を説き、後の王陽明への道を開いた。

「心を高めていくと〝真我〟に近づき、運命は好転する」というものである。

「宇宙にはすべてのものを素晴らしい方向に動かす、成長・発展させるという意識があります。そのようにすべてのものがうまくいくように動かしていく宇宙の意思、それが実は〝真我〟なのです」

氏は、人間の心の構造は多重だという。いちばん外に神が与えてくれたままの生きるという本能があり、その内に見る・聞く・味わうなどの五感があり、好き嫌いという感情がある。そして、物事の論理を組み立てる理性があり、永久不滅の心であるところの真我、真・善・美で表せる実体としての魂があると説く。氏はそれを、「宇宙の意思」といい、それと調和する心によって明るい世界が開けるというのである。

同時に、「宇宙の流れと同調し、調和をするようなきれいな心で描く美しい思いを持つことによって、運命も明るく開ける」ともいう。どうやら日新公の思いにも通ずるようだ。

二十四、う

うかりける　今の身こそハ　前《まへ》の世と
思へはいまそ　後のよならん

『つらい、切ないことの多い今の身が前世での報いだと思うなら、今現在のことがまた後世に報いるであろう。（報いることを知るべきである。）』

『うかりける』の『う』は「憂」であり、つらいとか切ないの意である。
これは仏教の教える因果応報、輪廻転生《りんねてんしょう》の思想を述べたものであろう。
前世で善い行いをすれば現世、つまり今の世で幸せな生活を送ることができるが、前世で煩悩《ぼんのう》に迷い悪行をすれば、現世ではその報いとして『うかりける』こととなるというのである。

因果応報
　仏教用語で、善をすればそれが原因となって善が得られ、悪をすれば悪が還ってくるとする教え。

輪廻転生
　人間の霊魂が死後、いろいろなものに転生または再生を繰り返すとする思想で、世界各地にある思想。

同じことが現世と後世についても言えるから、現世で善い行いをするならば後世では幸せとなり、悪行をしていると後世がつらく切ないこととなる。だから今の現世を道理をもって正しく生きよということである。

私たちの生は一回限りで終わりではない。何回でも生まれ変わる。その生まれ変わるとき前世の縁が影響する。前世の縁が廻り廻って現世に現れると仏教では教える。縁があって起こるからこれを「縁起《えんぎ》」という。

ところでこの縁起には何か原因がなければならない。因がありそれが縁となって結果が起こるというつながりになるからである。これを「因縁《いんねん》」と呼ぶ。

例えば私たちが道端の石につまずいて転んだとする。転んだ原因（因）は道端の石であるが、でもそれだけでは転ぶことはない。ちょうど通る道端に石があった、あるいは石のあるところを通ったということがあるわけで、それが縁である。

私たちはよく、自分には全く思い当たる原因も理由もないのに、何でこんな目にあわなければならないのかと嘆くことがある。

私たちは勝手だから、良いことは自分の原因にするが悪いことは自分には原因がないとしたがるもので、だから思い当たる原因がないとなる場合が多いが、ときにはしかし、どう考えても思い当たる節がないというこどもある。

そんなときはもう一つの勝手、つまりかなり以前のことなので忘れてしまっている、ということがある。忘れているから理由はないと思っているが、実は昔ある人に害をなしたことがあり、それが因であったなどということがあるわけだが、この因がさらに長い長い過去のことであり、現世よりもっと以前の前世のことであったときに、『今の身こそハ前の世と』となるわけであろう。

もちろん、因縁は悪いことのみではない。はるか以前にある人を助けたことが因となり、こちらが困ったときに助けられる、あるいはとても困っていたときに助力してくれたある人が、実はその昔父親が力をかしてあげた人だったなど、情けは人のためならずの因縁もある。

公の『いまぞ後のよならん』にも、もちろんその意味が含まれている。悪行をせず道理をもって正しく、というだけではなく、積極的に善行をして後の世に良い因縁を、ということだ。

少し横道にそれるかもしれないが、稲盛氏は最近、よくこんなことを口にする。

「仏教には『思念は業《ごう》をつくる』という言葉がある。業とはカルマともいうが、因縁の因、原因と考えていい。ものを思うということは、ものごとの原因をつくるという。その原因が発現して出てくるのが現象であり、結果である。良いことを思えば、良い結果が生まれるし、悪いことを思えば、悪い結果を招く。

このことは、古今東西を問わない。中国の言葉に『積善《せきぜん》の家には必ず余慶《よけい》あり』というが、すべて善き思いや善きことをなせば、必ず自分に返ってくるということだ。

しかし、思いが原因をつくるといっても、現実にはなかなかそのようなことにはなっていないではないかという方も多いであろう。『なぜあんな悪い人が成功し、お金持ちになっていくのか。それに比べて、あんな素晴らしい人が恵まれない。世の中はおかしいのではないか』と思う方もいるだろう。

実は、思いが実現するまでには時間がかかる。今日いいことを思ったからといって、明日すぐにいい結果が生まれるとは限らない。しかし、二十年、三十年といった長いスパンで見れば、必ず帳尻は合ってくるはずである。

自分の周囲でも、素晴らしい経営者と高い評価を受けた人であっても、あまりに功利的であったり、ネガティブな思いを抱いていた人は、傷ついて舞台から去っていった。逆に、決して華々しくなくても、営々と努力を重ねた人は、晩年に至るまでやはり素晴らしい人生を歩んでおられる。時の流れを俯瞰するならば、栄枯盛衰《えいこせいすい》はまさにその人の持つ思い次第である」と。

『う』の項で説く公の意図は、行為、行動に関してであって、稲盛氏の「思念、思い」とは少しばかり異なるが、良い思念、思いが、良い行為、行動に結実するとなれば、結局同じ意図につながるようだ。

この信念があれば、誠意がすぐには報われなくても努力がすぐには実らなくても、挫折の悪魔に魅入られることはあるまい。

良い因縁はどんどん積み重ねてゆき、悪い因縁は作らないようにする。公の教えるところも稲盛氏の言うところもそういうことだが、では悪い因縁を作ってしまったらどうするか。

そのとき大切なのは「逃げない」ということである。

悪い因縁によって苦境に立たされたり、つらく苦しいこと、悲しいことが起こったとき、私たちはなんとかしてそこから逃げだしたいと思うものだ。しかし逃げれば因が重なり、より以上の悪い結果が訪れる。逃げるためについたウソがウソを呼んでとんでもない結果になることも多い。

以前何かの話で、ある村を通りかかった聖人が誤解されて迫害を受けそうになったとき、弟子たちは逃げようとしたが、聖人は逃げてはいけないと言い、逃げれば因縁はより大きな災いとなるが、耐えればそのうち消え去るものだと言って耐えたところ、確かにほどなく収まったということを聞いたことがある。

子供のころにいたずらが見つかり、ウソをついて逃げようとしたがウソをつくなと責められ、白状したらスッと気持ちが楽になったことがある、と言った友人がいた。叱責はされたが心は晴れ晴れとして、それ以来逃げない習慣ができたという。

悪行は、するつもりでなくともしてしまうことがある。そんなとき、その結果としての災いを、恐れずに受けていればさほどのこともなく収まることが多いものだ。しかしそれを恐れて、あるいは煩わしいことになるのを嫌って逃げていると、因はどんどん大きくなった結果を伴って、襲ってくるものなのである。

二十五、ゐ

亥《ゐ》にふして　寅《とら》にはおくと　いふ露《つゆ》の
みをいたつらに　あらせしかため

『「夜の十時に寝て、朝の四時に起きる」というのは、譬《たと》えれば露のような私たちの身を、いたずらに過ごさせないための言葉である。』

『亥にふして寅にはおく』というのは、漢代初期に老荘の説を中心にして儒家や法家、陰陽家《おんようか》などの思想も取り入れて編まれた『淮南子《えなんじ》』にある語である。

亥とは亥の刻、つまり夜の十時であり、寅は寅の刻、つまり朝の四時である。

〝淮南子にそのような言葉があるけれど、それは、それほど長く生きら

老荘の説　老子と壮子の説ということ。どちらも無為自然を説くが、老子は道徳を重んじ現実的なのに対し、荘子は内省的で超俗的。

儒家　孔子を祖とする儒学（教）を学び説く思想家たちのこと。

れるわけでもない私たちなのだから、いたずらに時を過ごさず貴重な時間を有効に使うべし、との先人の教えである〃といった意味であろう。『いふ露のみ』の『いふ』は前の語を受けて「言う」の意を持たせ、次の『露のみ』に付けて「夕露の身」の意をもあらわしている。

露とは言うまでもなく、大気中の水蒸気が冷えて葉などに水滴になって付いたものである。露の命、などの語があるように、すぐに消えてしまうはかない命を譬えたもの。

さて、これまでにも幾度か触れたように、薩摩には藩校である造士館《ぞうしかん》での教育のほかに、郷中《ごじゅう》教育と呼ばれる独特な教育があった。

郷中とは城下をいくつかの区域に分けたその区域のことであり、各区域内の青少年たちによって作られた自治的な組織による教育を郷中教育という。ここでは二才《にせ》と呼ばれる青年から六、七歳の児童までが午前と午後、それぞれの一定時間を学習や屋外運動、武道などにあてて習練したが、朝は六時から、夜は八時、九時までに及んだという。

まさに『ゐ』の歌の実践である。

この郷中教育は、日新公が武家の子弟を集めて教育をしたことに端を

法家
法、特に刑罰をもって政治の手段とすべしと説く一派。徳治主義の儒家と対立する。管仲（かんちゅう）、商鞅（しょうおう）、韓非子（かんぴし）等がいる。

陰陽家
陰陽五行説に基づいて吉凶を判断する人たちのことで、日時、方角を始め人事全般の運勢などをみる。

淮南子
老荘の無為自然の説を中心にいろいろな説を取り入れて人事百般を説明したもの。

発し、その後次第に発展していったものらしい。

若いときは誰でも朝は眠いのが普通だ。なかには寝覚めの良い人もいるが一般には悪い。朝眠いのは若さの特権ではないかとさえ思うほどだ。私も今でこそ四時、五時に起きるのも平気だが、十代、二十代のころは朝早く起きるのが死ぬほどつらかったことを覚えている。

朝の六時から学習が始まるとなれば、本当に五時や四時に起きなければならず、六、七歳の児童にはかなりつらいだろうことが想像される。それだけでも相当なスパルタ教育だが、人間は鍛えられれば精神的にも肉体的にもかなり強靭《きょうじん》になれるものだ。こうして鍛えられた薩摩武士の心身を考えても、幕末の彼らの活躍が十分に納得できる。

日新公より六十年ほど前に生まれ、戦国期の幕開けに登場した北条早雲が、若い者たちのために示した二十一カ条の中の第二条と第三条がやはり起床と就寝に関することで、朝は寅の刻に起き、夜は戌《いぬ》の刻には寝るようにと細かく示している。就寝の時間が戌の刻つまり夜の八時で『ゐ』の歌より二時間ほど早いが、朝は同じ四時である。

早起きは三文の徳とか早寝早起き病知らず、貧の宵張り長者の早起き、早起きは目の薬などと、早起きを奨励することわざも昔から数多いが、なぜ早起きは美徳とされるのだろう。

昔は今日のように明るい電気の光はないので太陽が出ている間に働く必要があり、したがって太陽が昇ったらすぐ起きて行動しないともったいないから、というのがわかりやすい理由であろう。朝は大気が澄んでいて清々しく、一日のうちで一番気分が良いときであるから、というのも理由かもしれない。

儒学的思考によれば、この宇宙の中には万物に生命を吹き込む「気」が存在するわけであるが、その気は清々しくて霊気すら感じる早朝にこそ、より強いエネルギーとなっていると感じられたからかもしれない。

ともあれ、このように朝は早く起きて働いたり学んだり心身を鍛錬したりして、短い一生をできるだけ長時間、有効に活用せよという教えである。

仮に一日に一時間朝寝坊をして無駄に過ごせば、一カ月では三十時間、一年では三百六十五時間、日新公の時代の人生五十年としても、単純計算で一万八千二百五十時間を『いたつらに』過ごしてしまったことになる。

この時間は小学校から大学までの学校での勉学時間とほとんど変わらないわけで、これは三文の徳どころの話ではない。少しばかり時間感覚を変えることで、私たちの人生における充実度はかなり変わってくる。

ところで早起きはこのように奨励されるのに対し、夜更かしは反対に疎まれ、八時から遅くとも十時には就寝せよと、早雲も日新公も教える。

当時は明かりのための油代が高価であることや、太陽の沈んだ後の夜は魔物の世界とされていたためでもあろう。今日でも夜は独特の雰囲気を醸し出すし、悪い事件は夜に多発する。

身体を休める睡眠効果も夜中の十二時前とそれ以降では異なり、前の方がはるかに高いそうである。

早寝早起きは現代でも立派に通じる格言のようであるが、さて現代の若者にはどうであろうか。

二十六、の

遁《のか》るまし　所をかねて　思ひきれ
ときにいたりて　す丶しかるへし

『ここは遁《のが》れられないという場合のことをあらかじめ思い切っておけ。そうすればイザという時に至ってもすがすがしく、気持ちも爽やかに対処できるであろう。』

『思ひきれ』とは、迷いやためらいを断ち切って心を決めよ、ということであり、その前に『かねて』とあるから、あらかじめそのようにしておけ、ということになる。

何度も言うが日新公は武人である。しかも戦国期の真っ只中にあって、あまたの戦場を駆け巡った歴戦のつわものである。

戦いは常に死を思い切り、死を覚悟していなければ行動に躊躇が生まれる。躊躇が生まれては、いかに有能な武将でも一瞬の勝機を掴むことができない。機を見て先手を打つべき瞬時の勝機を逃す。

戦場での死も、敗北時の覚悟をも決めて一戦一戦を死に物狂いになってこそすがすがしく戦える。すがすがしく戦えたときには何故か勝利も呼び込める。いや、何故かではない。将が心に迷いなく勝敗を超越して戦えるなら、卒も迷いなくひたすら戦える。そんな軍団が勝利の道を進めるのは理論としても筋道が通っているし、事実、日新公に限らず古今の戦史がそれを証明してくれてもいる。

〝武士道とは死ぬことと見つけたり〟で始まる葉隠《はがくれ》精神については先にも見た。『葉隠』は徳川政権も安定して太平に慣れたころ、佐賀藩の山本常朝という反骨武士が、幼いころに聞かされた父祖の時代の武士道の話などを基にして、理想的な武士の在り方、武士の美学について口述したものを記したものだが、その武士道には日新公の精神に通ずるものが少なからずある。この『の』の歌もその一つである。

『葉隠』には他に、

佐賀藩
鍋島直茂を藩祖とする外様（とざま）大名。三十五万石。幕末の雄藩、薩長土肥の肥前藩のことでもある。

山本常朝
佐賀藩士で『葉隠』の口述者。隠居後に武士道を口述したのが『葉隠』である。

「（略）死ぬまでなり、これには知恵も技も入らぬなり。曲者《くせもの》といふは勝負を考えず、無二無三に死に狂ひするばかりなり、これにて夢覚むるなり。」（聞き書き第二）

〝武士道とは死ぬだけのこと、下手な知恵も小細工もいらない。異常なほどの優れ者というのは勝ち負けなどは考えず、しゃにむに死に狂いするだけである。それでこそ覚悟ができたというものだ。〟

「（略）常住《じょうじゅう》討死の仕組みに打ちはまり、篤《とく》と死身に成り切って、奉公も勤め、武辺も仕《つかまつ》り候はば恥辱《ちじょく》あるまじく。」（聞き書き第一）

〝常に討ち死にのつもりになり、死に身になり切って奉公も勤め武事にも励めば、恥辱されることもない。〟

「唯今がその時、その時が唯今なり。二つに合点している故、その時の間に合わずなり。（略）」（聞き書き第二）

〝今がイザというときであり、イザというときは今である。この二つを二つ別々のことと思っているから、イザの時に間に合わないのだ。〟

「朝毎に懈怠《けたい》なく死して置くべし。古老曰く〝軒を出づれば死人の中、門を出づれば敵を見る〟となり。用心の事にあらず、前方《まえかた》死して置く事

なりと。」（聞き書き第一一）

〝毎朝怠らずに死んでおけ。古老の言葉にも、家を出たら死人の中、門を出たら敵に会う、と言う。これは、だから用心せよと言うことではなく、前もって死を覚悟しておけということである。〟

いずれの話もが公の歌に同様の趣旨である。私たちも日常の仕事においてあらかじめそのように覚悟し切って行動したなら、毎日が爽やかに仕事ができ、かえって成功する確率も高くなるのではなかろうか。

もっとも始めから、〝かえって成功するかも〟との魂胆で行動するなら、それは覚悟し切っていないことになるから、やはりうまくはゆかないだろうけれど。

各会社の顧問となって、法に関係する仕事をしている友人はいつもスタッフたちに、仕事は常に顧客が離れることを覚悟してやれ、と言うのが口癖であるそうだ。

仕事柄、法に違反することを、そこを何とかうまく、といった依頼がよく来るという。そんなときは顧客離れの防止を優先して考える仲間が多いそうだが、彼は依頼を聞く前に〝一社消えた！〟と自分に言い聞かせてから臨むそうだ。この毅然とした態度がむしろ信頼に結び付き、他の同業者よりはるかに多くの会社から依頼が来るそうである。

あらかじめ性根を据えて本気で思い切っておく。そうあってこそすがしく対処もでき、真から事はうまく運ぶものである。

西郷遺訓にこうある。「平日道を踏まざる人は事に臨みて狼狽《ろうばい》し処分の出来ぬものなり。（中略）また平生道を踏みおる者に非ざれば事に臨み策は出でぬなり」

〝常平生から道理を踏まず覚悟のない人は、イザというとき狼狽して正しい対応ができないものであるし、平生道理を踏み心が決まっている者でなければ、イザというとき良い策も浮かんでこないもの〟ということだ。

西郷の盟友であり、共に幕末維新の大業を成し遂げ、西郷が中央政府から身を引いた後の事実上の総監督であった大久保利通は、業半ばにして凶徒の刃に倒れたが、日頃から身辺を整理し、何時このことがあってもよい覚悟をしていたそうである。

〝強固なる意志の力と執着力のはなはだ猛烈、たとえ反対の声が四方に起こっても毫《ごう》も恐れず、騒がず、怨まず、決して愚痴をこぼさなかった〟とは、大隈重信の大久保評である。

こんなこともあった。明治七年の台湾への出兵に関し、清国から統括権の侵害ということで強い抗議があり、公使らが交渉したが清国側は譲らない。大久保は一切の責任は自分にあると覚悟を決めると清国に赴き、「和が敗れるのは不本意なれど」として自説を主張して譲らず、断固清国の要求を退け、不動を通したという。やがてイギリスの仲裁により清国は日本に賞金を支払うことで交渉は成立し、併せて琉球《りゅうきゅう》の日本帰属が明確になるなどの成果を得た。交渉は二カ月近くに及んだが、彼は「自ら心中快を覚ゆ」とその日の日記に記したという。

郷中教育を通じ、いろは歌を通じて日新公に接しながら育った彼は、自身の個性にも合った『の』の歌の実践者でもあったのかもしれない。

大隈重信
佐賀藩出身の政治家。参議、大蔵卿を務めた後、下野し立憲改進党を組織し総理となる。早稲田大学の創設者。

台湾
中国南東部のタイワン島を中心とする地域。この時代は清国の台湾府が置かれていた。

清国
中国史上最後の王朝で、満州族の建てた国家。約三百年ほど続いたが、孫文らの辛亥革命によって一九一一年に滅亡。

琉球
沖縄本島を中心とする島々からなる。後に薩摩藩の支配下に置かれたが、中国とも朝貢関係にあった。現在は沖縄県。

二十七、おもほえす　ちかふものなり　身の上のよくをはなれて　義を守れ人

『人は、そのつもりがなくとも思わず人の道を違えることがあるものだ。自己の一身の欲を離れて義を守るべし。』

『おもほえすちかふものなり』は〝思わず知らず違うものなり〟ということである。

『義』とは先にも見たように「利」に対する概念であって、人としての正しい道、道理の意味である。恥を知れば正道を守るから〝恥じらい〟といった意味もある。

朱子学の書『近思録《きんしろく》』によると色欲や金銭欲、名誉欲などに惑わされ

近思録　朱子学の入門書。宗の代表的儒者の著書などから抜粋分類したもの。

ないための制御装置が義であるという。こうなると恥じらいの意味に解釈するのが最も合っているのかもしれない。

私たちが、思わず知らず人の道を違えてしまうのは、なるほど色欲や金銭欲、名誉欲などの〝欲〟であろう。

『近思録』出処編では、そのような欲を棄て義を守るべきことを次のように言う。

「生くべくんば則《すなわ》ち生き、死すべくんば則ち死し、今日の万鐘（たくさんの米）は明日これを棄て、今日富貴にして明日飢餓するもまたうれえず。ただ義の在る所を」と。

〝生きるなら生きるもよし死ぬなら死ぬのもよし、富めるなら富めるもよし飢えるなら飢えるもよし、ただただ義を守ればそれでよし〟ということだが、義とはそれほどに人として守るべきことであることを説いている。

日新公の『お』の歌は、あるいはこのような言葉を踏まえて詠まれたものであろう。

戦国の動乱期は、人々が最も活性化した時期であるとともに、欲の顔を表に出して行動した時代でもあった。私たちには欲と義との両方の顔が在る。生まれもっての顔が欲であると解すれば性悪説となり、義であるとなれば性善説となるのであろうが、どちらにせよ年経る間に両方の顔を持つに至る。

公の時代に限らず、動乱期にはいつの時代にも欲の顔が表に出てくる。だからこそそれを憂え、そんな心を矯正して義の顔、善の顔、良知の顔を表に現すべしとの動きも起きてくるわけで、世界のいくつかの宗教がそれであり、中国では孔子が現れ、孟子その他の偉人が現れて儒学（儒教）が成立されてきた。

王陽明の説く教えも同じ系列にある。ただし武人であり行動の人であるから、同じく義の顔、善の顔といっても、いわゆる学者らしい学者の説く意味内容とは異なって、行動が伴い躍動するものとなっていることはすでに見たとおりである。

その陽明は、「欲」に喜、怒、哀、懼《く》（恐れ）、愛、悪《お》を加えて七情とし、これらは譬《たと》えれば空にかかる雲のように人の心に存在するものであるとする。

性悪説　人間の本性は悪であるとする説で、荀子（じゅんし）の説とされる。ただし教育次第、努力次第で矯正できるとした。

だから天に雲を生じさせないことはできないように、七情を無くすことはできないとする。そして七情も自然の流れに従っている限りそれも良知であるという。だが七情に執着するようになると七情すべてが欲となるというのである。

つまり、欲を始め七つの情も、自然の流れに従っていれば良知のうちであるが、それに執着するようになるとすべてが「欲」となってしまうというのだ。

こうなると「欲」にも二種類あることになる。すなわち良知としての欲と、そうでない欲である。

これを佐藤一斎は公欲と私欲とに分けて次のように言う。

「(略)欲には公私がある。理性、道理に通じる欲を公欲といい、理性、道理が情に塞がれて通ぜず滞る欲を私欲という。(略)」(言志後録第一九)

理性道理に通じて自然の流れに従った欲は公欲であるが、七情に執着して理性道理が滞り自然に流れない欲は私欲であるということである。

たとえば自己の向上を図ろうとする欲、人のためになる仕事をしたいという欲、社会に貢献したいという欲などはすべて公欲であって大いに求めてよい欲であるが、個人的喜びや怒り悲しみなどから発せられた自己の利得のためだけの欲は私欲であるというのである。

日新公はこれまでの自分の行動が私欲からではないという自信の上に立って、敵対してきた相手方を思うとき、自己の利得のためだけの全くの私欲から行動した者もいるけれど、中にはそのようなつもりがないにもかかわらず、甘言に釣られて、あるいは武力にものを言わせての圧迫に屈して、『おもほえすちかふもの』〝思わず知らず人の道を違えてしまった者たち〟もいたであろうことを、複雑な感慨に浸りつつ、素直に詠んでみたのがこの『お』の歌ではなかったろうか。

稲盛氏もまた、敬愛する西郷の言葉を引いて言う。

「西郷の遺訓に『廟堂に立ちて大政を為すは天道を行ふものなれば、些とも私を挟みては済まぬもの也』という言葉がある。

私たちの心には『自分だけよければいい』と考える利己の心（すなわち私欲）と、『自分を犠牲にしても他の人を助けよう』という利他の心（すなわち公欲）がある。利己の心で判断すると、自分のことしか考えていないので、誰の協力も得られない。自分中心だから視野も狭くなり、間違った判断をしてしまう。

一方、利他の心（公欲）で判断すると『人によかれ』という心であるから、まわりの人みんなが協力してくれる。また視野も広くなるので、正しい判断ができる。

より良い仕事をしていくためには、自分だけのことを考えて判断するのではなく、まわりの人のことを考え、思いやりに満ちた『利他の心』（公欲）に立って判断をすべきである」と。

二十八、く

くるしくと　直道《すくみち》をゆけ　九折《つゝらおり》の
すえハくらまの　さかさまの世そ

『いかに苦しい思いをし、つらい目にあうとも正しい道を歩いてゆけよ。つづら折りの鞍馬の道のように曲がり曲がりしながらゆくと、その末は真っ暗闇の逆さまの世界になってしまうぞ。』

『九折り』とは九十九《つづら》折りのことであり、『くらま』とは現在の京都市の北部にある鞍馬山のことであって、『九折の……くらまのさか』とは九十九折りの鞍馬の坂の意である。

また、この『くらま』には暗闇の意をも含ませてあり、『くらまのさかさまの世そ』と続けて、〝暗闇の逆さまの世ぞ（真っ暗闇の逆さまの世

鞍馬山　京都市北部、左京区にある山。山腹に牛若丸（後の義経）が修行したと伝えられる鞍馬寺がある。

界ぞ)〟の意味にもしてある。いささか無理のある掛け方ではあるが、相当に苦心した跡はうかがえる。

日新公は物事の理、道理、道義ということをことのほか重視したようで、いろは歌にはこれらに関するものが非常に多い。この『く』の歌もその部類に入るだろう。

公は仏教(主に禅宗と真言密教)や儒学、それに神道に接して深くこれを学んでいるから、そのことの結果であることは明らかであるが、公の人格形成にとって大事な幼児期から少年期における母、常盤《ときわ》の影響を無視することはできないようだ。

公の父、善久は公が幼いうちに亡くなったため、常盤は溺愛したくなる気持ちを抑え、かなり厳しく育てたようであるが、それでも母親としての限界を感じ、真言宗の寺に預けて教育してもらったという。

寺の住職は常盤の意を酌んで厳しくしつけ、時には柱に縛り付けていくら泣いても許さなかったといわれるが(今もその柱は現地の小学校に保存されている)、大きな人物の発生には偉い母親の存在する例が多い。

公はこうして人としての道理、道義を自己の基本的精神として、心の中に焼き付けたのであろうが、その思いはやがて戦乱の中にあって裏切りやだましなど、道理、道義に反する行為を嫌というほど見せつけられるに及んでますます強まってゆき、それらがこの思想をテーマとした歌を多く作らせることとなったのかもしれない。

公とて純粋無垢《むく》に一切の謀略無しの正道のみにて戦ってきたわけではなく、勝利のためには薩摩琵琶の盲僧や山伏などを使い、それなりの権謀術数も行ってきているから、やむを得なかったとはいえ、そのような自分の行為を反省する気持ちも、あるいは込められているのであろうか。

さて、この歌の主意は『九折のすえ』以降にあろう。

一度曲がった道に踏み迷い、本道（正道）を外れるとなかなか元に戻ることは難しいものだ。それでも日新公のように性根がしっかりしていれば、意識的に曲がっても本道に戻る道をきちんと付けておくからすぐに戻れもしようが、一般の人には簡単ではない。

それは、私たちも実際の道路において、近道はないだろうかとうっかり裏道に入ったりすると、迷いに迷ってなかなか広い本道に戻れなくなるのと似ている。時には迷ったまま、とんでもない方向に進むことがあるのにも似ている。

そのように人生を迷いに迷って、真っ暗闇の闇の中をさ迷うことになるぞ、というのである。そうなるともはや、自分が正しい方向に歩いているのか、あるいは逆さまの方向に歩いているのかさえわからなくなる、逆さまの方向なのに自分では正しい道を歩いていると錯覚するようなことも起きる、と公は教えるのである。

実際、悪行をしているのに自分では決してそうは思わず、むしろ正しいことをしていると本気で思い、堂々と自己弁護をする人たちを時々見ることがある。というより、もしかしたら誰しもが人生の中で何度かは、そんな経験をしているのかもしれない。

でも何とか九十九折れになるまでには至らずに本道に戻れるのだが、なかには戻れずに九十九折れの闇の中をさ迷う人もいる。公は、そのような人が哀れでならなかったのであろう。『くるしくと直道をゆけ』という前段に、そんな公の思いが伝わってくるようだ。

「事大小となく正道を踏み至誠を推し、一事の詐謀《さぼう》を用う可からず。人多くは事の差し支える時に臨み、策略を用いて一旦その差し支えを通せば、あとは時宜次第工夫の出来るように思えども、策略の災いきっと生じ、事必ず破るるものぞ。正道をもってこれを行えば、目前には迂遠《うえん》なるようなれども、先に行けば成功は早きものなり」とは、西郷隆盛の『遺訓』にある言葉だ。〝人の多くは、事がうまく行かないとき、策略を用いて一旦それを通してしまえば後は何とでもなると思うものだが、策略を行った災いが必ず生じて事は破れる。正道を行えば一見遠回りのようだが、結果としてはかえってその方が早いものだ〟という訓話である。

もちろん、真っ暗闇の九十九折りに迷うこともない。『直道』とは、本当は最も魅力ある道なのだろうが、えてして脇の、怪しげに折れ曲がった道に魅力を感じてしまうというのも私たちの弱さではある。

冒頭の『くるしくと』の語には、〝不思議な魅力のある曲がり道を捨てるのもまた苦しいだろうが〟という意味も込められているのかもしれない。

二十九、やはら倶《く》と　いかるをいは、　弓と筆
鳥にふたつの　つはさとをしれ

『和らぐということと怒るということは、言わば弓と筆、つまり武と文のようなもの。鳥に左右二つの翼があるごとしと知るべし。』

「和らぐ」つまり優しさと、「怒る」つまり厳しさとは、言わば文武両道にも似て、人物を作るためには両方ともに必要不可欠のものである。別な譬《たと》えでいうなら、鳥の左右の翼のごとしであり、どちらが欠けても大空を飛ぶことはできなくなるのに同じである。という、リーダーたちに対する訓戒である。

飴と鞭とか仏の顔と鬼の顔などと、リーダーには優しさと厳しさの両

方が必要であることを説く言葉や説話は数多い。

公の『や』の歌に託した訓戒もそれらと同類の趣旨であろうが、人物を鳥に擬し、優しさと厳しさの両方を、その鳥を大空に羽ばたかせるのに重要な両側の翼に譬えている点、なかなか巧みな比喩《ひゆ》である。部下や弟子たちを育て、大空に舞い上がらせるために必要なことは、優しさと厳しさの両翼であるというのだ。

優しさはリーダーの吸引力を増す。部下たちはリーダーの優しさに引かれ、親しみ、楽しい気分に浸る。だが優しさだけでは次第に部下たちを狎《な》れさせる。優しさだけではリーダーに対する畏怖心を無くさせ、甘えや増上慢《ぞうじょうまん》の心を起こさせる。さらに進めばリーダーを侮るようにすらなる。

一方の厳しさはリーダーへの忠誠心を増す。部下たちはリーダーの厳しさに畏怖して、あるいは畏敬してその統制に服し、気持ちも引き締まってより向上心を沸き立たせる。しかし厳しさだけでは畏怖心から次第に心はリーダーから離れてゆく。陰で恨み、罵り、やがては表立って反抗的態度を取るようにすらなる。

つまり、優しさも厳しさも人を育て教え導くには大切なことではあるけれど、どちらに片寄ってもよろしくないし、一方だけではなおよろしくないということだ。

公の言われるように、あたかも鳥の翼のごとくに平均とすることが要諦《ようてい》なのであろう。

鳥の翼のごとくという要諦はともかく、実はこの、いわば人使いの基本ともいうべき優しさと厳しさについては、リーダーたる者なら誰でも一応は知ってはいる。その種のハウツー本がたくさん出ているし、セミナーなどでも教えられるからだ。

だが一向に身につかないリーダーたちが多い。

本に書かれているように、セミナーで教えられたようにやるのだがうまくはゆかず、人を使う、指導し教育するということの難しさを改めて思い知らされるリーダーたちが非常に多い。ほとんどのリーダーがそうだと言っても多分言い過ぎではなかろう。

その原因の一つは、鳥の翼のごとく平均にすることが難しく、優しさと厳しさのどちらかに片寄ってしまうところにあるようだが、もう一つ大切な原因は、本気で部下のためを考えているか否かということにある。

リーダーの優しさ厳しさがハウツー本で得た知識からだけのものか、本音から出たものなのかの識別くらいは、部下たちは瞬時にやってのける。

リーダーの優しさ厳しさは知識から得た技術にすぎず、テクニックにすぎないと知った部下たちが、心から引き付けられ、かつ畏敬の念を持つか否か。

こう考えれば自明の理であることのようなことも、実際の場面ではなかなか理解できず、自分はいろいろな本で勉強してこんなに一生懸命やっているのに、部下たちは一向に言うことを聞いてくれず従ってくれないと嘆息するリーダーたちが多い。

テクニックや付け焼き刃の優しさや厳しさではなく、本気で相手を思っての優と厳でなければならない。そうでなければ公の言われる『ふたつのつはさ』にはなり得ない。本物の翼とは、その鳥の体内にしっかりと根を生やし、形だけのテクニックではなく本気で、鳥が大空に羽ばたくための原動力となるのである。それが『や』の歌に託した公の真意であろうと思う。

以前、部下指導に関して悩んでいる方からノウハウについて聞かれた。あなたは部下たちが可愛いかと尋ねたら可愛いということだったので、ならば可愛がってあげなさいと答えて数カ月後、やっとわかったと礼に来られた。

稲盛氏も、塾生の「自分の思いを従業員に伝え、人心をまとめる要諦を教えてほしい」という質問に機関誌で次のように答えている。

「はっきり言って、人心掌握に要諦などない。あなたが現場に飛び込んで、焼酎でも飲み、焼き鳥をつまみながらあなた自身の考えをひたすら説くことこそが大切だ。お金も時間もかかるが、それしか方法はない。そういうことを積み重ねて『月に一度はあの人が来てくれる。みんなの意見も聞いてくれるし、自分の考えも言ってくれる』と思われるように すべきである。そうやって哲学を共有することができれば、あなたと苦労を共にしてもいいという従業員も生まれてくるはずだ」と。

江戸期初めの岡山藩藩主、池田光政公に、〝人を治める者は恩と威を大切にすること。恩だけでは甘えるし威だけでは媚びへつらうだけにな

池田光政
　岡山藩主。輝政の孫。名君の誉れ高く殖産興業、学問文化の興隆に力を尽くした。

る。だが最も大切なことは人の気持ちを知ってやることだ。それがなければ恩も威も役には立たない〞という訓話がある。
光政公は、陽明学者、熊沢蕃山《くまざわばんざん》に師事して道と礼法を実践し、民政に力を尽くし学問文化の興隆に意を注いだ名君である。

熊沢蕃山　中江藤樹の弟子。思想は現実的実践的で陽明学的だが、朱子学との折衷でもある。幕府に政務改革などを建言して禁固となる。

三十、ま

萬能《まんのう》も　一心とあり　つかふるに
みはしたのむな　思案堪忍《しあんかんにん》

『萬能も一心、と古語にもある。上に仕えるには自己の才能を鼻にかけて、これを頼みとしてはならぬ。よく考えてこらえ忍ぶように。』

『萬能も一心』とは、万能足りて一心足らず、などとも言い、万の技能や才能があったとしても、一心が誠ならずばものの役には立たないことを言う。
『みはしたのむな』（身ばし頼むな）とは、自己を頼みとしてはならぬという意であるが、先に『萬能』とあるのを受けて、自己の才能を鼻にかけてこれを頼みとしてはならぬ、という意になる。

前の『や』の歌がリーダーたる者への訓戒であったのに対し、この歌はそれに仕える立場の者への心得である。

いつの時代でも、なまじ才能のある者はそれをひけらかしたくなるもののようで、しきりに自己の優秀ぶりを宣伝する。

公の生きた戦国期も実力の時代だから、やはり自己ＰＲが盛んだったのだろう。この歌もそのような時代背景を考えて理解すると、なお興味深い。

現代も同様の風潮にあるようだが、さらには「能ある鷹は爪を隠す」ではいけない、今は能ある鷹ほど爪を出せなどという自称評論家が現れたりもして、なおさら才能宣伝の風潮は盛んになるようだ。

上の者にはもちろんのこと、同僚にも部下にも自己宣伝にこれ努めるのだが、そんな彼らは〝なまじ才能〟のある小物であって、真に才能のある大物はやはり『思案堪忍』であり、「爪を隠し」ているものだ。

それも単に隠すのみではない。単に隠すのみでは消極的であるが、『思案堪忍』とはよく考えてこらえ忍ぶ、という積極的意義をもつ。

佐藤一斎の『言志四録』に「官長を視るに父兄のごとくし、敬順を主とすべし。吾が議もし合わざること有らば、則《すなわ》ち姑《しばら》く前言を置き、地を替えて商思《しょうし》すべし（略）」（言志晩録第一四八）とある。

〝長に対しては父兄に対するように敬い従うを主とすべし。自分の考えと合わないことがあればしばらく置き、立場を変えて良く考えてみよ〟ということである。日新公の『ま』の歌に通ずるものがあろう。

ところで、まさに『ま』の歌の実践者のような人生を送った人物として、後に天下を握る羽柴秀吉がいる。

彼が人たらしと言われるほどに人扱いがうまく、上司でも同僚でも部下でも調子よく上手に味方にしてしまうといった印象は、実は後世の私たちが彼の言行を分析して作り上げたイメージであって、当人が生きて主君信長の下で活躍していた当時にあっては、決してそのような印象ではなかったらしいのである。

信長の秀吉に対する印象は、自分を心から敬い、忠実に陰日向《かげひなた》なく勤め、いやな仕事も危険な仕事も積極的に買って出て一身を投げ出して励む、そんなまじめで不器用な人間との印象であったことが文献にも見える。

有能な重臣二人が失敗したほどで、成功確率が極めて低く危険な墨俣《すのまた》に砦《とりで》を築く役を積極的に買って出たり、浅井と朝倉の挟み撃ちになり、さすがの信長も危うかった金ケ崎ではこれまた進んで殿軍《しんがり》の役を引き受け、九死に一生を得たりと、もしも命を落としていればその後の秀吉の歴史はなかったわけで、〝なまじ才能〟程度のひけらかし人間ではとうていまねのできるものではない大仕事を、何度もやり遂げているなどにも、その一端が伺えよう。

決してだまされるような人間ではなく、猜疑心《さいぎしん》も人一倍強い信長に、疑われた様子がほとんどないのも彼くらいのものである。その一事をもってしても、万能の持ち主であった彼が自己の才能を鼻にかけることなく、爪は積極的に隠し、よくこらえ誠の心をもって主君、信長に仕えた様子がわかるのである。

次に、この歌の終わりが『思案堪忍』となっている点に注意してほしい。

この語には少しばかり深い意味があるようなのだ。ただ何事もこらえ

墨俣に砦
信長が美濃斎藤氏攻略のために秀吉に築かせたもの。佐久間や柴田の重臣二人が失敗した後に成功。

浅井氏
近江の大名。長政のとき信長に反旗をひるがえして敗れ滅亡した。

朝倉氏
越前の大名。越前守護にもなったが義景（よしかげ）のとき信長に攻められて滅亡。

て忍んで辛抱せよということだけならば、『堪忍』のみでよいからである。

公がその前に『思案』の文字を入れた意図は、物事の道理や是非善悪を考え、かつ仕える立場としての分をわきまえて十二分にこらえ忍びながらも、しかしよくよく『思案』した結果、こらえ忍んではかえって主君のためにならないということ一番に臨んでは、イエスマンに堕《だ》すことなく勇気をもって諫言もしてくれよ、という気持ちが込められたものと思うのだが。

三十一、け

賢不肖《けんふせう》　用《もち》ひすつると　いふ人も
かならすならハ　殊勝《しゅせう》なるへし

『賢者を用い愚かなる者は捨てる、と言う人も、必ずそうできるならば立派なことであるが。』

この歌は再び上に立つ人を対象にしたものであるが、いくつかの意味に解釈できるようだ。

まず一つは、そううまい具合に賢者を集められるか、あるいは集まるか、そして使いこなせるかという疑問を投げかけた歌という解釈。

次には、賢と不肖を正しく判定できるのか、一体何を基準にして判定しようというのか、とする人事評価的な解釈。ここにはへつらい者を見抜けるかとか、奸臣《かんしん》の讒言《ざんげん》によってあたら忠臣を切り捨てることはないかといった意味も含む。

第三は賢と不肖の定義に関する疑問である。賢とは何か、不肖とは何ぞや、ということだ。私はこのテーマが最も公の言いたかったことではないかと思うのだが。

まず第一の解釈から述べよう。

佐藤一斎が、藩の重職たる者の心得として示した十七カ条の中に〝賢才というほどの者はいなくともその藩その藩に相応の者は有るものである〟という名言がある。

「組織相応」ともいうべきこの言葉は、経営アドバイザーとしての私の経験からも大いにうなずけることであり、良い人材が来ないと嘆く経営者たちに話をするとき使わせていただいている。

人材というものはいつも組織相応である。組織がまだ小さいうちは『賢』を『用ひ』ようとどう頑張っても、大企業に集まるような人材は集まらないものだ。いやむしろ集めない方が良いとさえ言える。

間違って組織不相応の優れた人材が来てしまった場合は、その者が浮き上がるか、組織にいらざる波風を起こすかのどちらかになることが多い。

つまり組織以上の人材は来ないものだし、仮に来ても使いこなすことは難しいということである。難しいとは、トップ個人にその力量がないということではなく、組織そのものが、そのような人物を使いこなせる器になっていないということである。

稲盛和夫氏にも同様の思いがあるようで、会社ができて間もないころは優秀な人は来なかったと述懐する。たまにそんな人が来てこちらが期待してもそのような人はすぐに辞めてゆく。

そしてちょっと鈍であまり期待もしない人物は水が合ったのか辞めずに頑張る。〝ところがそのような人が長い年月の間にどんどん成長して見違えるほどの非凡な人に変わるのです〟と言い、今思えば非常に恥ずかしく申し訳ない気持ちだと頭をかく。

組織には組織相応の人物が集まるものだし、それで良いのである。あとは、彼らが少しでも向上するようにトップが育ててやることだ。

次は賢と不肖の判定に関して述べたとする解釈についてであるが、これにはある大手のコンサルタント会社が実施した最近の興味深い実例を示そう。

一流と呼ばれている企業の人事課長さん方を集めての研修において、若い一社員の仕事ぶりを詳しく説明した後、その人物について五段階評価をさせたところ、何と完全にバラバラの評価になったというのだ。

当人をあらかじめ知っている人たちによる評価の場合は別だが、全く先入観なしで評価をするとこうなることが多い。

人を評価することはこの例のように難しい。評価する側の各人の人間性も違えば有する信念とか哲学も違う。何を重視するかの着眼点も違うし人を見る能力にも差があろう。単純な好き嫌いや相性の問題もあって、それらが複雑に絡み合うから十人が十通りの結果を出しても不思議はない。まことに『賢不肖』を正しく判定できたら『殊勝』なのである。

このようなことを避けるために、人事評価をするときには高額の費用を出してまで評価者側の訓練をする企業も多いのだが、それでもなかなかうまくはゆかない。ましてや上手なへつらい人間を見抜けずに高い点を付けたり、讒言に乗せられて低い点を付けたりという心の弱さもあるから、人の正しい評価は実に至難の業《わざ》とすら言える。

最後は賢と不肖の定義に関する疑問についてである。

賢とはごく一般的には才能のある者、知恵のある者を指すが、その賢を愛《め》でて重く用いたとして、果たして優れたリーダーとなれるかと言えばもちろん否である。

誰の言葉か忘れたが、才能あっても徳のない指導者は、徳あっても才能のない指導者よりも下位であるだけでなく、才能も徳もない指導者よりも劣るという。なぜなら才能も徳もない人物はただそれだけだが、徳がないのになまじ才能のある人物は部下をだめにし、組織を壊すからだという。

このこともまた、大中小の多くの企業の盛衰を見てきて大いにうなずけることであるが、そうなると賢とは何か不肖とは何かという問題が生じる。この意味でも、賢を用いてうまくいったなら『殊勝』ということになる。

また、賢と不肖にはもう一つ、例えば経理業務には賢だが営業には不肖であるというように、その人の向き不向きの問題もあろう。つまり適材適所ということだ。それらも考えず、ただいたずらに『賢不肖』と言い『用ひすつる』というのでは、日新公ならずとも『かならすならハ殊勝なるへし』と言いたくなってくるというもの。

もしかしたらこの『け』の歌は、人材の用い方にも自負のある公が、息子たちの人材登用ぶりに苦言を呈する意図あっての歌だったかもしれない。

三十二、ふ

無勢《ふせい》とて　敵をあなとる　ことなかれ
たせいを見ても　をそるへからす

『少数の兵だからと敵を侮《あなど》ってはいけないし、多勢だからと恐れてはならない。』

きわめてわかりやすい歌である。そのままに解釈すればよいと思う。日新公は兵法書や歴史書などにより、実際に多勢が少数に敗れ、少数が多勢を駆逐することについてよく学んでいたろうし、実久軍その他との度重なる戦いによって十分に実体験もしていたのであろう。少しの油断から、公の第二子、忠将《ただまさ》を肝付兼続《きもつきかねつぐ》との戦いで討ち死にさせてしまってもいる。公は利かん気のこの息子を特に可愛がっていたようだからそ

肝付氏
大隅国肝付の豪族。祖先は大伴氏とされる。島津家とは代々土地争いが続いていたという。

のショックは大きかったろう。そんな思いもこの歌には込められているのかもしれない。

先にも見た毛利軍は、陶《すえ》軍の多勢を恐れずに勝利し、陶軍は毛利軍の少兵を侮って敗れた。織田軍は今川軍の多勢を恐れずに勝利し、今川軍は織田軍の少兵を侮って敗北した。また日露戦における日本軍はロシアの大軍にひるまず果敢に攻めて勝利し、ロシア軍は日本軍の物量、兵数ともに劣るを笑って戦意上がらずに破れ、太平洋戦争の流れを変えたミッドウェイの決戦では、日本軍は自軍の優勢に安心もしくは慢心して米軍に壊滅させられ、米軍は劣勢を自覚して気を引き締め、綿密な作戦と積極的攻撃によって奇跡の勝利を得た。

そして、西郷と大久保が演出して幕軍を引っ張り出し、一気に雌雄を決した鳥羽伏見の戦いでは、乾坤一擲《けんこんいってき》の士気旺盛な上に錦旗まで用意しての大久保らの作戦に、幕軍一万五千の大軍は薩長軍わずか五千の兵に敗れた。

勝敗は時の運などという言葉があるが、このようなまさかのどんでん返しに首をひねった結果の感想なのであろう。

ミッドウェイ
太平洋戦争における日米両海軍の天下分け目と言ってよい大戦。この敗北で海の主導権は米軍に握られた。

錦旗
天皇の軍の印としての旗のこと。南北朝の昔よりこの旗が翻る側が天皇側、つまり官軍であることを意味し、相手は賊軍となる。

だが改めて言うまでもなく、勝敗に時の運などはない。あったとしても勝敗を決定するほどの大きな影響力などはない。

毛利軍の勝利も織田軍の勝利も、子細に分析してみると、何年も前からこの時あるを予測し、多数の間諜《かんちょう》を放って事細かく相手の情報を得たり、長期の繰り返し作戦によって敵の内部撹乱《かくらん》を図ったり、硬軟を巧みに使い分けた誘いによって同盟軍を増やしたりと、よくもまあこれほどと思うほどに綿密緻密な戦略戦術を駆使しているのがわかる。

外からではそのような事情はわからず、暑かったとかたまたま大雨になったなどの、目に見えることのみで判断するから、運が作用したと思ってしまうのである。

しっかりした戦略に基づいて勝算を得、いざ実戦に当たっては勝利を確信し、戦術を駆使しながらも一人一人が一騎当千、死に物狂いで働くだけのこと、そこには敵の多勢を恐れる気持ちもなければ無勢を侮る心もない。勝利する軍団というのは常にそのようなものである。

しかもそんなときには不思議と運の女神も味方をしてくれるものだ。

もちろん実は不思議でもなんでもない。意気が盛り上がって、敵を侮るような不覚も、恐れるような臆病心もなくなって進むときには、頭脳が活性化して注意力も研ぎ澄まされるし創造力も他の能力も豊かになる。

そんな注意力が、例えば味方にミスを作らせず、逆に敵のミスを発見もさせる。あるいは創造力が、たまたま降ってきた雨を活用することを教え、敵の油断を利用することを教えてくれるのである。

それが成功した後で回顧したときに、あのときは運の女神に助けられたと感ずるのだ。が、実は全て自分の頭と精神とが導き出した必然である。

運については西郷も『遺訓』にて言う。〝チャンスには二つある。運によるチャンスと自ら呼び込んだチャンスである。偉大な人物は運などは頼まない。しかしそんな人物が自ら呼び込んだチャンスも、後で見ると運のように見えるものだ。注意して味わうように〟と。

話を戻そう。公のこの歌の教訓にせよ運のことにせよ、それらは今の私たちにもそのまま当てはまる。相手をたいした人物でないとみて見くびり足元をすくわれるとか、相手の虚勢を本物とみて恐れた結果勝つはずの勝負に負けるなどは、今日でもいろいろな場面で見られることであろう。

スポーツ競技でのこの辺の駆け引きは当然のことであるし、営業での他社との戦いはもちろん、社内の同僚との戦いでも無勢に見せて敵を侮らせたり、多勢に見せて相手を恐れさせたりといったことは日常的に行われている。

いずれの場合であれ、勝利したときはともかく、敗北した場合はとかくその結果を運のせいにしたがるものだ。もしかしたら運とはそのような者たちを慰めるために考え出されたのだろうかとさえ思う。

責任を感じ過ぎてあまりに自己を責め苛《さいな》むのもよろしくないが、一般にそのような人は少ない。運や他人のせいにして責任を回避する人の方が多いものだが、それは自ら自己の成長を拒否するものであるし結局運の女神に見放されるものと知るべきであろう。運の女神は、強くて積極果敢な人物が好きなのだという。

三十三、こ

心こそ　いくさする身の　いのちなれ
そろゆれハいき　揃《そろ》ハねはしす

『心こそが戦いに当たっての生命である。心が揃えば生き、揃わなければ死す。』

生きるか死ぬかの戦いにおいて、最も重要なことはメンバーの心が揃うかどうか、すなわち一人一人が心から団結できるかどうかであろう。それができたなら生きることもできるが、それができぬなら死ぬ、ということだ。なんとストレートで凄《すさ》まじい歌ではあるまいか。

しかしそれだけに簡明に真実を伝えてくれる。

思い浮かぶままに、古今のいくつかの戦いを抽出してみても即座に納得し、うなずける。

　心を一つに揃える大切さを説いた歌であるし、勝利する秘訣中の秘訣を教えてくれた歌でもあるが、それを柔らかな説諭としてではなく、生きるか死ぬかの崖っぷちの瀬戸際に置いて説いているところに、実際に命のやり取りの修羅場をくぐり抜けてきた公でなければ表現できない凄《すご》さが感じられる。

　あっさり歌っているだけに、なおさら心にひびくようだ。

　孟子も言う。「天の時は地の利にしかず、地の利は人の和にしかず。（略）故に君子は戦わずあり、戦えば必ず勝つ」（公孫丑《こうそんちゅう》編）と。一斎もまた言う。〝武器や道具を頼るべからず、人を頼め。また人数を問題にするべからず、団結力や規律を問題にせよ〟（言志晩録第一〇五）と。

　一人一人が強力な団結心を持つということはやさしいことではないが、戦闘という一瞬においては比較的それが成立しやすいと言われる。しかしながらその一瞬の団結も二つの要素によって左右される。

　一つは非戦闘時の日常においても組織として団結しているか否かであり、その結果としてのものであるのかどうかである。

私たちにはそもそも集団欲求とか帰属欲求と呼ばれるものがあるという。弱い生き物は一人では生活ができない。食糧確保にも困ることが多かろうし、肉食動物に襲われる危険もある。だから彼らは必ず群れる。群れという集団を作る。

ところで私たち人間も弱い生き物である。頭脳が特別に発達したためすべての生き物の上に君臨してはいるが、素手で闘ったら少し大きな犬にだってかなうまい。

したがって私たちも大昔から群れて集団を作ってきた。そして自然発生的に集団にはボスが生まれ、メンバーが増えるにしたがってオキテが成立し組織が形成されてきた。

私たちはこのような集団に所属することによって、自己の生命身体財産が守られ安心して生活ができるのである。この安心感が同じ集団のメンバーとの一体感を生み、団結心を醸成する。

さらに集団の核たるボスがカリスマ性豊かな魅力ある人物だと、メンバーの尊敬と愛着を受けて彼らを引き付け、集団はより強固な一体感と団結心を育んでゆくこととなる。

つまり日常からこのような組織になっていることが、強固な団結心の要素となる。

さてもう一つの要素とは、いざ戦闘というそのときに恥ずかしくない行動をとりたい、勇気を出して認められたいという意識が生まれるか否かということだ。

自分の行動を認めてくれ、称賛の拍手を送ってくれる仲間やボスが存在して初めて、恥ずかしくないように振る舞いたい、勇気ある行動をとりたいという気持ちが湧いてくる。

仲間と一緒のときは威勢よく戦闘的態度をとっていた暴走族が、仲間に取り残されて一人になるとこそこそと逃げ隠れし、仲間が戻ってくると再び戦闘的になるという光景を見たことがあるが、彼は仲間がいることによって恥ずかしい行動がとれなくなり、かっこいいところを見せようとして勇気ある行動に出たのであろう。

私たち日本人は、何につけ「恥」を強く意識する民族だと言われる。その意識が、みんなが見ているから恥ずかしいまねはできない、リーダーが見ているから勇気を示さないと恥ずかしいとなり、その結果勇敢なる行動が生まれるのだという。

日新公の時代の武士たちは特にこのことを重要視し、命よりも名を大切にした。命があっても名を汚すことを恥とし、命を落としても名を残すことこそ、本懐《ほんかい》としたのである。

アメリカの心理学者マズローは、私たちは上司からあるいは仲間から認められたい、あるいは社会的に認められたいという強い欲求があり、それが行動に結び付くと説く。

基本的には私たち日本人とて同じなのだが、私たちにはその前に恥という意識が横たわる。認められたいというより以前に、恥ずかしくない行動をとらなければ、という意識が強く現れるのである。

この意識こそが私たち日本人の仲間意識、団結心の基本をなす。欧米流の認められたい意識だけだと個人プレーを生みやすい。団体の和よりも自己の突出こそが大切になってくる。

ところが日本流の恥意識からすると、仲間に後れをとることを恥とし、恥ずかしくない行動を心掛けるため、自分個人より仲間の中の自分が重要になってくる。突出すら行き過ぎると抜け駆けの功名として嫌われ恥になる。その結果、より強く仲間意識が醸成され団結心の強化につながってゆく。

すなわち、戦闘前から心が揃っているという第一の要素と、戦いに臨んで恥ずかしくないように、称賛されるようにという第二の要素、これが実は私たち日本人の団結心と勇敢さの源であり、日新公の求める集団意識なのである。

三十四、え

回向《ゑかう》にハ　我と人とを　へたつなよ
かん経《きん》はよし　してもせすとも

『回向をするには自分と他人とを隔ててはいけない。読経はしてもしなくてもよいけれど。』

回向とは、死者を弔い成仏《じょうぶつ》を念ずることであり、かん（看）経とはお経を読むことをいう。

歌の意は〝死者を弔い成仏を念ずる気持ちに我と人、つまり味方と敵を区別し隔てるようなことがあってはいけない。お経を読むことはしてもしなくてもよいけれど心を込めて冥福を祈るように〟ということであろう。

読経はしてもしなくてもよいというのは、経を読む読まないよりも心が大切という意味があるとともに、お経を諳《そらん》じている者、あるいは文字を読める者がそうそういるわけではないことに対する配慮でもあろう。諳じている者読める者は読経をして冥福を祈ればよいし、またそうでない者は読経はしなくてもよいから心の中で冥福を祈るように、ということである。

日新公は、幼時には母常盤《ときわ》の訓導により、また少年になってからは仏教寺院にて修行をすることによって、仏の教えを単に知識としてではなく肌で体得していたものと思われる。その故か、公は初陣のときから敵味方を問わず戦死者を合葬し、僧による供養を行っている。

鹿児島県加世田《かせだ》市には、長年の宿敵島津実久を加世田別府城の戦いにおいて激戦の後に破った後、やはり敵味方の区別なく、戦死した者たちの菩提を弔うために建立した六地蔵塔が残っている。現在のものは加世田川の洪水で流された後に建て直されたものだそうだが、史跡として県の文化財に指定されている。

この遺風は後の子孫たちにも受け継がれ、先にも見た木崎原の合戦のときや朝鮮の役での供養塔にもあらわれている。

しかし公はただただ仏道的慈悲の心をもってこのような処置をしたのではない。公は同じ戦《いくさ》のときに味方を裏切って命乞いをしてきた敵将の不義を怒り、その首を刎《は》ねている。これは儒学の義の精神からの処断であろう。

公は単なる仏徒でもなければ儒教の徒でもない。武将であって軍団を統《す》べるリーダーである。仏教を体得してもその教えのみでは武将の役目は務まらないし、儒学を学んでもその精神だけでは戦に勝利することはできないことを知っている。

仏教の慈悲心からすれば、そもそも戦で人を殺すことができなくなる。儒学の義の精神を一途に遵守すれば勝つための策略を弄することも不可能となる。

公は行動する武将としての自己の立場と役目と目的を実現すべく、そのような小義を捨てて動く。勝つための策略も敵を葬ることも、その後の仏の道と儒教道徳を実現するためという大義のための行動であると、自らを納得させて動いたのであろう。

それが勝利という目的を果たし、もはや無用の殺生をしなくてもよくなってからの仏心が誰彼の区別なくその菩提を弔い、地蔵塔の建立につながったのであろう。

実は実久との決戦の前、長年の戦に苦しむ万民のためにと自ら敵城に赴き講和を申し入れている。それが決裂しての決戦であったのだが、そんな公の心情を思うとき、私たちはやはり同じ武人である王陽明のそれに重なることを知る。

陽明の人生も日新公同様波瀾万丈。将軍として何度となく敵と戦っているが、地方に盤踞《ばんきょ》する賊を討つとき、いきなり討つのではなく事前に彼らに説諭してから臨むようにしている。諭さずして誅《ちゅう》するは仁義にあらずとの方針からだといわれる。

例えば竜川地方の賊を討つ際の説諭文では、〝私が汝《なんじ》らを誅するのではなく、天が汝らを誅するのである〟として、〝例えば十人の子供のうち八人は善行をするが後の二人が悪をなし、善行の八人を殺そうとするなら父母はその二人を誅するだろう。なぜならばやむを得ないからである。今私の汝らに対する心も同じである〟と続き、さらに説諭した後〝それでも汝らが改心しないならそれは天に背くことであり、私は心残りなくそして涙ながらに汝らを誅する〟と結ぶ。

なにやら、日新公の説諭文としても間違いではない気がしないだろうか。そう思ってもよいほどに酷似した精神に驚く。

付記すれば、陽明のこの文とて純粋に真心から出たものというわけにはいかない。こう説諭することで、戦わずして勝利する駆け引きが潜んでいないわけはないからである。それは日新公とて同じであろう。

だが陽明は帰順した敵を裏切らず、丁重に遇して身の安全を保障してやっている。仁義にもとらずとの堂々たる態度であり、この点も日新公に相通ずるところであろう。

三十五、て

敵となる　人こそハわか　師匠《しせう》そと
おもひかへして　身をもたしなめ

『自分の敵となる人こそが実は師匠であると、考えを変えてつつしむようにせよ。』

この歌の『身をもたしなめ』は、「身をつつしめ」と解してよいと思うが、『たしなむ』には他に、ふだんから心掛ける、細心の注意を払う、自分の行いに気をつける、といった意味もあるから、それらいずれの意味をも含んでいると解釈したほうが、公の意思がよりよく伝わるように思う。

すなわち、敵となる人はこちらの弱点や問題点、油断点などを突いてくるわけだから、いたずらに逆上せずに冷静になって観察すれば、自分が慎むべきことや、細心の注意を払うべき点を敵が教えてくれていることがわかる。そこから敵に勝つために気をつけるべきこと、あるいは普段から何を心掛けなければならないかが見えてくるわけで、そう考えると、なるほど敵は得難い師匠であると感謝したくもなってくる。

日露の戦いのとき、名高い旅順《りょじゅん》攻防戦において、本国の大本営でさえ二〇三高地を押さえる重要性を理解して乃木《のぎ》軍に通知するにもかかわらず、頑迷無能な乃木軍参謀たちは大本営のいうとおりにしては自分たちのメンツにかかわるとでも思ったのか、二〇三高地はほんの体裁を繕う程度に攻撃をして終わりにした。

ところがロシア軍は攻撃されて初めて二〇三高地の重要性に気づき、それまで手薄だったこの地の強化を図り、突貫工事で強固な要塞を作り、砲を配備し、兵員も増強して、もはや簡単に落とせぬ状況にしてしまい、その結果、その後の戦闘において我が軍は多大な犠牲を払わなければならなくなった。

もし乃木軍が敵の手薄な段階で二〇三高地を奪取しておけば、もっと

旅順攻防戦
日露戦でロシアの旅順艦隊を撃滅するために旅順要塞を攻めた戦い。乃木軍の拙劣な戦いのため多くの血が流された。

二〇三高地
旅順攻防戦における重要地。ここを占領することにより港内の旅順艦隊を撃滅できた。

乃木軍
日露戦における第三軍のこと。乃木希典（まれすけ）の軍団長素質の欠如と無能参謀たちゆえに多大な無用の血を流した。

旅順艦隊
日露戦時のロシア艦隊。これが撃滅されたためバルチック艦隊との連携プレーが不可能となった。

早期に旅順艦隊を撃滅することもできたのだが、逆にロシア軍は敵である日本軍から自軍の弱点、油断点を教わり、何に気をつけ何を心掛け、何に細心の注意を払ったらよいかを了解して行動した。ロシア軍にとっては敵である日本軍こそ『わか師匠』であったわけであろう。

先に公は『に』の歌で『おとなしき人』つまり大人らしき人と大いに交わるべしと説き、さらに『よ』の歌で『よきあしき』も友を鏡として『身をみかけ』と訓じ、今ここでは『敵となる人こそハわか師匠そ』と教えてくれた。

孫子の兵法に「彼を知り己を知れば百戦して危うからず」という、よく知られた言葉がある。その前の行に、戦うべきか否かの判断ができる者は勝つ、衆寡の用兵がうまくできる者は勝つ、用心をして機を窺い敵の不用心を待つ者は勝つ、などの語があり、その後に先の言葉が続くのだが、日新公の『て』の歌を思いながらこの兵法を考えると、奥の深い意図が少しばかり見えてくる。

すなわち単純に、敵をよく知りまた自軍をよく知れば勝つ、というだけのことではなく、敵を知り敵の動静を知ってその戦略戦術を知ることは、併せて自軍の欠点弱点を知り改善すべきこと、補強し充実させるべきはどこかを知ることにつながる。つまり敵をよく知ろうとすればするほど自己をよく知ることにもなるということだ。

日新公の言われる、敵は、自己を知り自己を矯正してくれる師匠でもあるということがよくわかる。

大人らしき人と交わるべしとか友を鏡とせよなどは、実行できるかどうかはともかくとして、理論としてはよく理解できる。しかし敵も師匠であるとしたこの発想は、正直に言って私には思い浮かぶことではなかった。

考えてみれば敵は本気でこちらを攻めてくる。友や師のように愛情のある、しかしそれだけに真剣さに欠けた、手心を加えた叱咤激励ではない。本気でこちらを叩き伏せねじ伏せようとしてかかってくる。そのためにこちらを研究し長所も欠点もこちら以上に知り尽くして挑んでくる。

そう気づけばなるほど、敵は己を知り己を矯正するのにこれ以上はない絶好の師匠であるといえる。

明治維新の成る五年前、文久三年（一八六三）に薩摩藩は英国艦隊と戦端を開いた。生麦《なまむぎ》事件に端を発した薩英戦争である。

異例の出世をして、すでに藩の最高幹部の一人になっていた大久保は、作戦全般の指導に当たり、薩軍は勇敢に戦ったが、英軍のアームストロング砲など新鋭武器の前に手痛い打撃を被った。

しかしこの戦いで薩摩藩全体が目を開かれ、対外政策はどうあるべきかが理解されて藩論が統一され、斉彬《なりあきら》公時代の路線が再認識され、大久保ら精忠組の発言権が強まってやがて西郷召還も認められ、西郷や大久保らを中心とした薩摩藩は、長州とともに維新の指導的役割を担ってゆくようになる。

薩英戦争における英国の軍事力は、十分に薩摩藩にとって師匠となってくれた。

ちなみに薩英戦争の翌年の元治元年には、長州が英米仏蘭四カ国連合艦隊による砲撃を受け敗北している。維新の中心となった薩長両藩ともに外国を敵として戦い、目覚めていったのもまた興味あることではある。

生麦事件　島津久光の行列が神奈川の生麦村を通ったとき、騎馬の英国人が前を横切ったため、藩士たちによって斬殺された事件。

三十六、あ

あきらけき　めも呉竹《くれたけ》の　このよゝり
まよハ、いかに　のちのやミちは

『明らかなこの世から迷っているようでは、死後の闇路はどうなることであろうか。』

『あきらけきめも』は「明らけき目も」である。『呉竹の』は下の『このよ』つまり「この世」の枕詞であって特に意味はない。
歌の大意は、〝目にもはっきりと明らかなこの世で迷っているようでは、死後の闇路はどうなる、いっそう迷い迷って極楽浄土にも行けず、魂の落ち着くところもなくなるではないか〟ということであろう。
これは仏教思想からの歌であろうか？

極楽浄土　浄土にはいくつかあり、阿弥陀仏の浄土を極楽浄土とする。しかし一般には極楽も浄土も同意味で「幸福なところ」の意。

「無明」という仏教用語がある。煩悩《ぼんのう》にとらわれて仏法を理解することができない、真理がわからないことを指す語だが、公はこの語を踏まえて、本来は〝明〟であって明るく日の光が射すこの世なのに、自ら迷って〝無明〟にしているようでは、と歌ったのかもしれない。

ところで公はこの歌で『あきらけき……このよ』に力点を置いたのであろうか、それとも『のちのやミち』を強調したかったのであろうか。どちらに焦点を当てたのかによって歌の解釈も違ってくるのだが。

公が学んだ仏教は主に真言密教と禅仏教であるが、どちらも現世肯定の思想であるところからすれば、『このよ』（この世）に焦点を当てた教えとするのが素直であろう。

すなわち、現世で煩悩に迷い道を誤ることのないように、道理を守り義を守って歩むようにと教えてくれているという解釈である。だとすると『のちのやミち』（死後の闇路）、の句は、現世での道を誤らせないことを強調するためのものと解される。

この歌は、先に記した『理も法もたゝぬ世そとて引安きこゝろの駒のゆくにまかすな』という『り』の歌や、『くるしくと直道をゆけ九折のすえハくらまのさかさまの世そ』の『く』の歌を思い出させるが、ソフトな教訓としての『り』の歌から、現世が逆さまになるぞと叱咤する『く』の歌を経て、この『あ』の歌では死後の闇路のことを持ち出し、いささか脅しているところに、より強い公の意思を読んで取れるようだ。

孟子の性善説に異を唱え、努力の積み重ねによって人間は善にも悪にもなると説く荀子《じゅんし》に、「迷う者は道を問わず」という言葉がある。迷うなら道を問えばよさそうなものなのに、そういう者ほど道を問おうとしない。迷う自分が恥ずかしいのか、自分では迷っていないと思っているのか、あるいは今は煩悩に迷うことが楽しくてあえて道を問おうとしないのか。

おそらくはそのいずれでもあろう。

「悟れる上には悟りあり迷える上には迷いあり」という古語もある。悟る者はますます悟り、迷う者はますます迷うという意味だが、これも荀子と同じ趣旨であろうか。

〝持病があって常に病んでいる者は慣れているからあまり痛みを感じないものだが、心が常に迷い道理に外れている者もそれに慣れてしまって

荀子　性悪説を唱えたとされるが、それは全人平等の思想からであって、努力によって善になり得るとし、努力心を評価し善を勧めている。

心に痛みを感じることがない〟と佐藤一斎は『言志録』第一二八で言う。

　何か良からぬことに夢中になり、夢中になっているときにはそれがそれほど良からぬことことは気づかなかったが、あるときハッと目覚めてみると、自分はなんと愚かなことをやっていたのかと気づいて唖然とすることが、私にも一、二度はあったような気がするが、これらの箴言《しんげん》はそのことを指しているのであろう。

　悪事を為す人間たちは毎日の新聞を賑わしているし、暴走族のような若者を始め、道に迷い迷っている者たちは巷《ちまた》に満ちあふれているが、彼らは自分ではさほど悪いことをしているとも迷っているとも思わないか、あるいはこの悪事や暴走ぶり、迷い道が今は楽しくて仕方がないのかもしれない。

　目はしっかりと開いているはずなのに、心の眼はすっかり曇ってしまって何も見えず、他人のことはおろか自分自身さえも見えなくなってしまっているのだろう。

　しかしそんなことでどうするか！　と、日新公は煩悩を砕き去る活《かっ》を入れてくれる。明るく日の光りが射すこの世の中で、本来ならはっきりと道理も是非善悪も見えるはずだというのに、それすらもわからぬようでどうする。そんな情けない有り様から目覚めぬようでは死後の闇路にその報いが来て、迷い迷って地獄にも落ち、哀れもだえ苦しむことになってしまうぞ！　と叱咤してくれる。

『いろは歌』には、いずれにも島津家をまとめ上げ、三州平定のために悪戦苦闘した日々の、公の思いが込められている。この歌も、あるいは公を悩ませた敵の姿や、当時の自身の内面を想いながら詠んだのかもしれない。

三十七、さ

酒も水　なかれもさけと　成そかし
たゝなさけあれ　君かことの葉

『味わう者の気持ちによって美酒もただの水となり、水の流れも美酒となる。情けある心と言葉をもって主君は下に接するように。』

この歌は中国春秋時代の越の王、勾践《こうせん》の故事を下敷きにしている。
越王勾践が宿敵、呉王夫差《ふさ》に戦いを挑み軍を起こしたとき、ある者が美酒を献じた。勾践は喜び皆にも分け与えようとしたがそれほどの量はない。そこで清水の流れにこれを注ぎ兵卒に分け与えたという。
流れる水に薄められて美酒もその味はしなかったろうが、将兵は勾践の心配りに感激し、士気大いに上がって呉軍を打ち破った。

春秋時代
中国の周末から東周前半を指す。周王朝の衰えとともにやがて戦国時代に入り、下克上風潮となる。

越王勾践
春秋時代の越の国の王。呉国との抗争は後世に多くの教訓を残した。

呉王夫差
越王勾践を破って覇権を晋と争ったが、やがて越に破れ滅亡。

もしも勾践一人で飲んでしまったなら、美酒も価値のないただの水に終わったが、水の流れに注いだことによって大いに価値のある銘酒となった、というのが前半の意味であろう。

この勾践の譬《たと》えのように、情けの心、情愛の心をもって、上に立つ者は下の者たちに接することが肝要である、というのが後段の趣旨である。

一兵卒の傷にたまった膿《うみ》を自ら吸ってやった将軍の話や、常に兵卒たちと共に行軍し寝起きし同じものを食べたという王の話など、下の者をいたわり情愛の心をもって接することにより、団結心と忠誠心が高まり、戦意が高揚して勝利するという話は古今を通じ、東洋にも西洋にも枚挙に暇がないほどある。

人を指導し組織をまとめる上で、見せかけではない部下への心からの情愛というものは、やはり心からの協力を部下たちから引き出せるもののようだ。それは部下指導の技術書、テクニック書を何百冊読むよりも、価値も効果もはるかに高い。

しかもそれは、周囲の敵と戦乱状態にあるときとか組織の草創期でまだ固まっていないときに、より意義があるようで、先のような逸話もそんな状況のときに多い。

佐藤一斎も『言志録』に言う。「吾れ古今の人主を見るに、志し文治にあるは必ず創業の者、武備を忘れざるはよく守成する者。」（言志録第一七三）

〝歴史上の優れた君主たちを見てみると、組織を創り事を興す創業の人は文をもって治め、その後を受け継いで組織を不動のものとし盤石の礎を作る者は武をもって治める〟という意味だが、初めてこの語に接したときは考え方が逆ではないかと思った。

最初は強い力で武をもって創業し、できあがったら文をもって治めて人心を安定させる、という考え方が普通だろうと思うし、イメージとしては大方の人がそうだろうと考えたからである。

だが日新公を始め、歴史上の偉大な統治者を見てみると、なるほど創業して成功する者には文をもって治めた人が多い。

誰もがよく知る人物で見るなら、鎌倉、室町、江戸、各時代の創業者も例外ではなく、源頼朝にせよ足利尊氏にせよ徳川家康にせよ、皆、敵には厳しくとも部下には情け深く、慈しみと仁愛の精神で接しているの

源頼朝
平氏を滅ぼして源氏政権を打ち立て鎌倉に幕府を開いた。戦はあまりうまくなかったが、人心掌握術にたけ武将たちを心服させた。

足利尊氏
源氏の一族で、鎌倉幕府を倒し南北朝の動乱を経て室町幕府を立てた。度量のある人物だったといわれる。

がわかる。

一方、頼朝の後を受けて鎌倉幕府の基礎を固めた執権北条義時や、室町幕府を確立した三代目の足利義満、それに江戸幕府を盤石のものにしたやはり三代目の徳川家光などは、いずれも力ずくの強引な政治力、統治力で、つまり武をもって創業者亡き後の部下たちの動揺を静め、謀反心を押さえ込んで、幕府の屋台骨を揺るぎないものに固める役目を果たしている。

創業期がとかく武張った印象を受け、武によって治めたかのように見えるのは、創業主のブレーンたちに無骨一点張りの連中が多く、彼らが暴れまわったのと、時代そのものが荒れすさんでおり、武力が幅をきかせていたという背景によるものらしい。

創業期における慈しみと仁愛の心、そして確立期における厳しさ、これは組織統治の要諦《ようてい》のようである。

創業期には外敵がたくさんいる。四面楚歌《しめんそか》の状態というのが一般だろう。だから組織の皆にはその外敵に向かって一致団結する雰囲気ができあがりやすい。団結して厳しい外敵に立ち向かう姿勢が作られやすい。

北条義時
鎌倉幕府の二代目執権。対抗する同僚たちを次々と滅ぼし、幕政の実権を握る。

足利義満
足利三代将軍。土岐氏や山名氏、大内氏らを次々と破って南北朝も統一、幕府の権威を高めた。

徳川家光
徳川三代将軍。大名統制の強化、キリシタン弾圧、鎖国など武断政治をしいて権力の強化を図る。

したがってそんなときには部下たちに情けをかけ、仁愛の心で接してやることだ。そうすることにより彼らは内の温かさに安心し満足して団結し、外の冷たさ厳しさにぶつかってゆくパワーが形成される。

それを間違えて創業期に武をもって統治すると、部下たちは外の敵よりも内の脅威に心が向いてしまう。せっかくできつつある団結も外に向かうパワーも消えてしまう。そんなことより内部の脅威の方が大変というわけで、中には反抗する者、謀反を起こす者も現れるだろうし、少なくとも全員の士気は衰える。

三十八、き

きく事も　またみることも　心から
ミなまよひなり　皆さとりなり

『聞くことも見ることも心の持ちよう次第。どんな事でも迷いともなれば悟りともなる。』

同じことを聞いたり見たりしても人によって迷いになったり悟りになったりするし、同一人であっても、あるときには迷いになり、あるときには悟りになることもある。さらには迷い迷った苦悩を通して悟りに近づけることもあれば、悟ったつもりがちょっとしたきっかけで再び迷いの世界に踏み込んでしまうことすらある。

でもそんなふうに考えてみると、迷いと悟りは親戚どうしの隣どうし、意外と近い関係にあることがわかる。まずいがあるから旨《うま》いがあり、悲しいがあるから嬉しいがあるように、迷いがあるから悟りがあるのだろう。

まずいを経験しない人に旨いはわからないし、悲しさを知らない者に嬉しさは味わえない。迷いの何たるかを知らなければ悟る素晴らしさは理解できない。迷わぬ者に悟り無しであり、その意味で迷いと悟りは一体となる。

『往生要集《おうじょうようしゅう》』や『法華玄義《ほっけげんぎ》』に「煩悩即菩提《ぼんのうそくぼだい》」という語がある。煩悩はそのまま悟りにつながる。煩悩の本体は真如《しんにょ》であるから煩悩と菩提は別のものではなく一体である、というのである。真如とはあるがままの状態のことであり、心本来の清らかな状態をいう。

公はこの歌で煩悩と悟りの狭間で惑う人間の弱さを歌うとともに、併せて悟ることの意味と身近さを説いたのではなかろうか。

曹洞宗《そうとう》の祖、道元禅師《どうげんぜんじ》は「仏仏祖祖、みな本《もと》は凡夫なり」として、仏祖といったって本はただの凡夫だよと言う。

往生要集
平安中期、源信の著で、念仏による極楽浄土往生を説いた。地獄の精細な記述もある。源信は天台宗の僧だが、浄土宗創始に影響を与えた。

法華玄義
法華経を基礎にして釈尊の種々の経説を統合し体系化したもの。

道元禅師
曹洞宗の開祖。初め臨済禅を学び、宋に渡って曹洞禅を体得し、帰朝して曹洞宗を開く。

臨済宗の僧、抜隊得勝《ばっすいとくしょう》は「自心本より仏なり。これを悟るを成仏《じょうぶつ》といい、これに迷うを衆生《しゅじょう》という」と言い、さらに、〝仏と衆生とは水と氷とのごとしで、氷のときは石や瓦のようなるも解ければ水にてわだかまりなし。迷うときは氷のごとく悟れば水のごとし。水とならざる氷はない。これをもっても一切衆生と仏と隔てなきことを知るべし〟と説諭する。いずれも煩悩即菩提と同意義であろう。

さて、では悟るとはどういうことなのであろうか。心の迷いが解けて真理を会得すること、では紋切り型の説明でよくわからない。煩悩のない本来の清浄な心とか、こだわりのないこと、あるがままの心のことなどとも説かれるが、わかりやすいようでますますわからなくなる。

仏教講座ではないし、まだまだ煩悩にあふれ凡夫のままでいる私に「悟り」など説明できるわけもないから止しにするが、道元禅師の『正法《しょうぼう》眼蔵《げんぞう》』にある悟りについての一節を、次に意訳しておきたい。

道元は〝悟りとは、自分がかねてからこういうものだろうと思うことはできない。たとえ思ったとしても思いどおりの悟りではない。悟りとは思うとおりではないのである〟と説き、さらに〝悟りとは自分が思う

抜隊得勝　南北朝時代の臨済宗の僧。『抜隊和尚語録』などがある。

正法眼蔵　道元の著。座禅の工夫から道元の思想、他宗派との比較など、曹洞宗の立場を明確に表している。

ことによってではなく、はるか彼方からやってくるのである。悟りとはただ一筋に悟ることによって悟るのである〟とも説く。

つまり悟りとは、このように悟ろうなどと思って修行をしても、その通りに悟れるものではない。悟りとはそうなろうとしてではなく、どこからともなくやってきて悟れるものであって、悟ることによってしか悟れないものである、ということであろうか。

なんだかよけいに難しくなってしまったようだが、でもなんとなくイメージは掴めたような気がするが、どうだろう。

要は、悟りとは悟ろうとして悟れるものではなく、心本来の清らかな状態で、あるがままに、こだわることなければ、悟りは自然とどこからともなくやってくるものである、ということだと思う。

天が与えてくれたままの清らかな心がすなわち理であるとして「心即理」を説く王陽明の思想と共通するところがあるようだ。

そんなことを思いながら日新公の『き』の歌を振り返ってみると、公の言う『心から』とは、〝心本来の清らかな状態、天が与えてくれたままの心になれるかなれないか〟ということであり、その心如何によって迷いもすれば悟りもする、と解釈できる。

先に示した〝心の持ちよう〟といった単純な解釈では、公の真意を伝えていないことに、気づき、赤面せざるを得ない。

『まよひ』と『さとり』、それぞれの語の前に『ミな』と記してあるのも、こう解釈すると本当に「皆」であることがよくわかる。そのような心になれるかなれないかで、すべては迷いすべては悟れるということだ。

三十九、ゆ

ゆみを得て　うしなふ事も　大将《たいせう》の
心ひとつの　手をハ離《はな》れす

『弓矢を得ることも、それを失うことも、大将の心ひとつで決まるのであって、それ以外ではない。』

『ゆみを得て』とは弓矢を得ることの意であり、武威が上がって威勢を張ることを言う。

よく将兵の心を捉えて団結させ、規律も整い訓練も行き届き、常勝軍団として武威が上がるのも、あるいは反対にそれらを失うのも、すべては大将たる人物の力量如何によって決まるのであってそれ以外ではない、ということである。

先の『そろゆれハいき揃ハねはしす』という『こ』の歌が、主に軍団構成員たる将兵に向けてのメッセージであったのに対して、この『ゆ』の歌は軍団リーダーに対する説諭であり注意でもあろう。

私は非才ながらも学生時代から歴史をかじって勝敗の教訓に触れ、その後いろいろな業界の各企業で人事労務を担当した後、アドバイザーとして大中小企業の組織作り、管理職の指導教育に当たってきたが、それら少しばかりの経験と知識からしても、公のこの歌には膝を打って同感できる。

まことに軍団の勝敗も企業の勝敗もリーダーで決まる。決してその構成員で決まるのではない。

このことは第十八項『そ』の歌において、一匹の狼に率いられた羊の軍団と、一匹の羊に率いられた狼の軍団のどちらが勝つかという、譬《たと》え話でも説明したとおりである。

リーダーが優れることによって軍団の将兵も企業の社員たちも優れてくるし、優れた人材が集まってもくるものである。リーダーが劣る者であれば将兵も社員たちも劣ってくる。本来は優れた資質の者でも劣ってくるし、企業のように出入り自由な組織ならさっさとそんなリーダーの元を離れてもゆく。

佐藤一斎は〝人君たる者は部下に賢臣のいないのを憂えるのではなく、自分が名君でないのを憂えよ〟（言志耋《てつ》録第二五五）という。

楚の項羽《こうう》は豪傑で秦《しん》末に覇王を称して立った。だが性格荒々しく残忍でしかも優柔不断で、人心がなびかない。ためにせっかく范増《はんぞう》という名参謀がいながら彼にも去られて天下を取れなかったのに対し、酒色が好きで大言壮語するたちではあったが、性格寛大で慈愛に富み、部下を愛して度量が広い劉邦《りゅうほう》に人心はなびいて従う。自然と張良《ちょうりょう》や韓信《かんしん》など良い家来たちも集まり、武威も高まってついに天下を取り、前漢を創始した。

後に劉邦はこう言ったという。〝自分は戦略家としては張良に及ばないし、政治力は蕭何《しょうか》に及ばない。また将軍としては韓信に遠く及ばない。だがこれら人材を良く用いることができたのに対し、項羽は范増一人すら用いることができなかった。これが勝敗を分けたようだ〟と。

繰り返すが、組織が良くなるのもダメになるのもひとえにリーダーなる人物によって決まるのであって、決してメンバーによってではない。

項羽
秦末に漢の高祖（劉邦）と天下を争った武将。劉邦とともに秦軍を破ったが、やがて劉邦と戦い滅ぶ。

范増
項羽の参謀格。優柔不断な項羽のために献策も度々無視されてチャンスを逃し、天下は劉邦のものとなる。

劉邦
前漢の創始者、高祖のこと。秦を滅ぼし項羽をも破り、二百年にわたる前漢の基礎を築いた。

張良
劉邦の功臣であり軍略に秀でたという。後に諸侯に封じられた。

韓信
初め項羽に付いたが用いられずに劉邦に従った。将軍として優れ重用された。

蕭何
劉邦の功臣。政略に優れ漢朝

特に中小企業ではそうだ。大企業で安定期に入っているならトップは飾り物でも何とかなろうが、中小企業ではそうはいかない。すべてはトップリーダーによって決まるのである。

優秀なメンバーが揃っていて一見彼らが会社を支えているようでも、そんな優秀な人材が集まった理由は何か、優秀な人材に育った原因は何か、彼らが会社を信頼しやる気を出して励んでいるわけは何か、と考えてゆけば、行き着くところは必ずリーダーである。

このような単純明快な理論もわからずに、なぜうちには良い人材が来てくれないのか、なぜ人材が育たないのかとメンバーの無能を嘆き、やる気のある社員のいないことに愚痴をこぼす。項羽と劉邦の例が示すとおり、これでは組織が発展することはない。

西郷は『遺訓』の中で、〝人材を採用する場合に有能の無能のと選別し過ぎるとかえって弊害がある。そもそも大多数はそのままでは有能ではないのだから、よくその性格を知り、長所を取って才能や技能を開花させることが大切〟との趣旨を述べている。

稲盛和夫氏もその講話で次のように説く。「トップがもつ人生観、哲

成立の基礎を築いた。この蕭何と韓信、張良を漢の三傑という。

学、考え方、これがすべてを決めるのです。会社というのは結局トップの器量、トップの人格に合ったものにしかならないのです。カニは甲羅に似せて穴を掘るというが、自分の器以上、人格以上の会社になるはずはありません。会社を立派にし人生を素晴らしいものにしようと思うなら、まず自分の人間性を高め、人格を磨いてゆき、それを下に及ぼす。それ以外にはありません」と。

公の歌の訳をもう一度繰り返してみよう。『弓矢を得ることも、それを失うことも、大将の心ひとつで決まるのであって、それ以外ではない。』

公の精神は、そのまま現代の稲盛氏にも間違いなく引き継がれているようだ。

先日もある会合で、興したばかりの会社を数年で畳まざるを得なかった若い経営者が述懐して、「つくづく経営は人材だとわかりました」と話しかけてきた。それがわかれば今度は成功しますよと励ましたら、「良い人材が集まらないし育たない。倒産はそれが原因でした」と言う。この人は、多分今度も成功は難しかろう。

依頼を受けてアドバイザーとして出向いても、組織を改革するよりも何よりも、トップたる社長を変えることが最重要課題だと認識させられることがかなり多い。

子は親を見て育つものだし、メンバーはリーダーを見て育つものである。自分はリーダーとしてどの程度の人物なのか、劣っているところはどこか、自己改造し自己実現を図らなければならない点は何か、そして自分が率いている組織にはどのような長所と欠点があり、どこをどう指導すればよりパワーアップした組織に変えられるのかを、常にチェックすることである。

何度繰り返しても足りないくらいであるが、組織はリーダーで決まる。このことを決して忘れてはならない。

四十、め

めくりてハ　わか身にこそは　つかへけれ
先祖のまつり　忠孝のミち

『巡り巡って結局は自分に仕えることになるものだ。先祖を祭るとか、君に忠義を尽くし親に孝行をするとかは。』

先祖を崇拝しその祭りごとを絶やさないこととか、上には真心をもって仕え父母には孝行を尽くすということは、結局は巡り巡って自分自身のためでもあるものだ、という説諭であろう。

単純なことのようだが、このことをよくわかっているかいないかは、個人はもちろん社会全体に大きく影響するような気がしてならない。

先祖を崇拝することは、その先祖からつながって在る自分自身を尊重することにほかならない。また、上司や会社あるいは団体や国家に誠をもって仕えるということは、秩序ある共同体を維持し、自らの生命身体を預けて安心できる組織を作ることにほかならない。父母に孝養を尽くすことも、その父母が自分の原点であってみれば先祖を崇拝することと同様、やはり自分に孝養を尽くすことにほかなるまい。

佐藤一斎も『言志晩録』で次のように言う。「親を養う所以《ゆえん》を知らば、則《すなわ》ち自らを養う所以を知る」（言志晩録第二七三）。親を養う意味がわかれば、なぜ自らを養わねばならないかがわかるだろう、ということだ。親を養う意味とは自分の原点であるからであり、先祖から自分に引き継いでくれて育ててくれ、子孫につながる道筋をつけてくれた大切な人だからである。

儒学の祖、孔子に、「身体髪膚《はっぷ》これを父母に受く。敢《あ》えて毀傷《きしょう》せざるは孝の始めなり」というよく知られた言葉がある。これもまったく同じ意義であろう。先祖から引き継いだ生命のつながりを、父母はさらに自分に引き継いでくれ大事に育ててくれた。であるから自分もまた自分と自分の身体を大事にしてこれを子孫に引き継いでゆく義務がある。これがまずは「孝」のスタートである、ということだ。

そのように考えたなら、先祖を崇拝し上に忠、親に孝の道も、結局は自分自身のためであることがわかる。しかもそれを知り、それを信じて行動することは、後に続く者たちに模範を示すことにつながるから、自分もやがては祭られもし、忠孝の対象にもなってゆく。

一斎はこうも言う。「後図《こうと》は奉先《ほうせん》にあり、孫謀《そんぼう》は念祖《ねんそ》に如《し》くはなし」（言志晩録第二五四）。後の世のための図りごとは先祖を敬うことであり、子や孫のための謀りごとは父や祖父を大事にすること、というのである。長い将来のことを考えるなら先祖を敬い、身近な子や孫のためには父や祖父を大事にせよ、ということだろうか。

日新公は『め』の歌で、先祖を崇拝して祭ることと忠孝の道は巡り巡って自分のためでもあることの、その理論と実際を説きたかったのであろう。

ところで『忠』とは儒教の根本的な道徳の一つであり、良心のままの真心つまり誠のことである。中国の戦国時代に君臣間の秩序を確立する必要から生まれた思想だが、そのまま日本の武士社会に持ち込まれ、主従関係の確立のために活用された。

一方『孝』は父母を敬いよくこれに仕えることをいうのだが、日本では『忠』を上位とし『孝』はその下に置かれて、『忠孝』と併称されるのが常である。公もその感覚から『忠孝』と詠んだものと思われる。

余談ながら、明治維新以降は、日本国民は天皇家を総本家とする大家族であるとする思想により、国民道徳と家族道徳を一本化した『忠孝』道徳がとなえられた。

もちろん公の時代にそこまでの考えはないが、先祖を祀《まつ》り君と親に忠孝の儒学思想、朱子学思想は相当に深く浸透していたものとしてよいであろう。

臨済宗の僧、桂庵玄樹《けいあんげんじゅ》が朱子学をも携えて薩摩に入り、一派を立てたことはすでに述べたが、やがて京都からやってきた藤原惺窩《ふじわらせいか》がこれを学び、中央に帰って普及させたと伝えられているところが事実とすれば、薩摩は近世儒学スタートの地とも言えるわけで、薩摩における儒学、朱子学の浸透度と、薩摩人に与えた精神的支柱の太さを思い知らされる。

最後に、忠孝の道の日常の心掛けについて述べてこの項を終わる。

『葉隠《はがくれ》』に、〝目立ち過ぎるは良くない。忠か不忠かなどを考えるのが良くない。理屈を抜きにしてただただ奉公する。何もかも忘れて忠義を尽くす、それでよい〟とあり、一斎の『言志晩録』第二二七にも、〝真の孝は孝を忘れている、なぜなら常の行動が孝だから。真の忠は忠を忘れている、なぜなら常の行動が忠だから〟とある。

いかにも自分は忠をしている、孝をしていると意識してするのでなく、自然に日常にあっさりとでよい。それでこそ本物の忠孝である、ということのようだ。

四十一、み

道にたゝ身をハ捨《すて》むと思ひとれ
かならす天のたすけあるへし

『自分の信ずる正しい道に命を捨てると思い定めよ、そうすれば必ず天の助けがあるものである。』

道とは儒教でいう道理、正道と解してもよいが、それだけでは身を捨てる対象としての具体性に乏しい。ここは具体性のある武士としての道、臣下としてのあるいは大将としての道、その他自分が信じて志すそれぞれの正しい道、と解釈した方がよいようだ。

その道を守り命を捨てるほどの覚悟で突き進むならば必ずや天も助力してくれるというのである。

もちろん、実際に天が助けてくれるわけではない。運が舞い込んでくるものでもない。それは先の項にも述べたとおりだ。自分がそのくらいに本気になっていると何よりも目が見えてくる、音が聞こえてくる、空気の流れを敏感に肌で感じられるようになる。それら諸々が、チャンスを的確に把握する能力を生じさせ、今やるべきは何かを覚《さと》る頭脳を作り上げ、これからどう動けばよいかを洞察する神経を活性化させる。

こうして開花され研ぎ澄まされた一つ一つの神経や能力が相互に連携し活動した結果、信じられないほどの成果を生み、時として奇跡といえるような状況をも作り出す。それが天の助けである。畢竟《ひっきょう》天の助けとは己が作り出すものであり、『身を八捨むと思ひと』ることがそのための絶対必須要件なのである。

人事を尽くして天命を待つ、という言葉がある。貝原益軒《かいばらえきけん》の語だという。自分の能力でできる最大限を尽くして、後は天命を待つということだ。真に人事を尽くした後なら天も助力をしてくれる。公の歌と同じ教えである。

だがしかし、天は真に人事を尽くしたのか、それとも適当にお茶を濁

貝原益軒　江戸前期の儒学者。医学を修めて黒田藩の藩医兼藩儒として著書多数。『養生訓』がよく知られる。

したのかを見破る。自分では人事を尽くしたつもりという〝つもり〟病も見破る。お茶濁しにも、つもり病にも天の助けはない。

そんな人間にも時に運が舞い込むことを否定はしない。弘法も筆の誤りで天もまれにはミスをし、助けるべきではないのにうっかり助けちゃったと、頭をかくこともあろうからだ。

でもそんな運や天の助けはそれっきりだ。ミスったと気が付けば天も今度は気を引き締める。二度とミスってはくれまい。そうなれば、下手に一度天の助けをもらったが故のその反動の大きさが怖い。さらにお茶を濁すようになり、つもり病も重症になってもはや誰も相手にしてくれなくなる恐れがあるからだ。

『天の助け』とは、『身をハ捨むと思ひと』らなければあり得ないことだが、反対に『身をハ捨むと思ひと』ったにもかかわらず、『天の助け』が無いということもあり得ないことを知ることだ。

稲盛氏は、二宮尊徳《にのみやそんとく》の人格について触れて次のように語る。

「尊徳はとくに高いレベルの学問を修めたわけではない。そして鍬《くわ》一丁、鋤《すき》一丁で田に出て額に汗して働き貧しい農村を豊かな村に変えていく。

二宮尊徳　江戸末期の篤農家。通称、金次郎。徹底した実践主義で、神・儒・仏の思想をとった報徳教を創始、自ら陰徳・積善・節倹を力行し、殖産を説いた。

その実績を買われて為政《いせい》者らに尊敬の念を持って迎えられ、多くの村の改革を行った。

尊徳は、農作業というものを一つの修行として捉え、自らの人生観を培っていった。彼は人を評価するのに、その人の動機が善であるかどうかを判断基準にしたそうである。

尊徳はそのように、何の奇策も方便も使わずに、ただ懸命に努力を重ね、真面目に仕事に取り組んだ。彼はその中で孔子が説いた『天道』を知り、『道徳律』を知ったのである。そして、それに則《のっと》って生きていこうとする。その真髄になったのが『至誠の感ずるところ天地もこれがために動く』ということだった。このことを彼は『至誠の感ずるところ鬼神もこれを避く』と言っている。つまり、一生懸命なひたむきさがあれば天地も助けてくれるだろうし、神様も助けてくれるだろうということを、信念にまで高めていったわけだ」と。

稲盛氏は、尊徳翁に教えられるところ多く、氏の経営哲学の中には尊徳翁の影響が色濃く入っているようだ。

さて西郷もまた「至誠」に生きた人物であり、天はやはり彼を見捨てなかった。

西郷が二度目に流されたのは沖永良部島《おきのえらぶ》であるが、このときは前回と違い、空き地に作られた二坪程の狭い格子牢《こうし》で風も吹き通しであったため、月日の経つにつれ衰えやつれて、体格の良い西郷もこの世の人とは思えぬほどであったという。

だが西郷は端座して謹慎したままで、愚痴をこぼすでもなければ我がままを言うでもない。見かねた役人が、用があればこれを叩くようにと拍子木を差し入れたが、とんと叩いたことすらない。その姿には初めて西郷と接する役人たちもすっかり感じ入ったといわれる。

至誠にあふれ、陽明の言う良知に至った西郷の姿は、まさしく道を求める聖人のようであったのだろう。役人の一人、土持政照《つちもちまさてる》は思案したすえ、お上の命は囲いに押し込めということであったことから一計を案じ、風も雨露も防げるような建物を建て、そこに格子牢を入れて西郷を囲った。これならお上の命に背いたことにはならぬという名案である。

こうして西郷はあわやの命を助かったのであるが、これこそ、公の歌そのものを見るようではあるまいか。身をも捨てた西郷の至誠がついに

沖永良部島
奄美諸島の一つ。サンゴ礁の島で飲料水に乏しい。西郷は約一年半ここに流された。

土持政照
島の代官所役人で当時まだ二十歳代。西郷に心引かれて世話をし、薩摩の情勢も伝えていたらしい。

天を動かし、天が役人をして助けを命じたのであろう。

「人を相手にせず天を相手にすべし。天を相手にして己を尽くし、人を咎《とが》めず我が誠の足らざるを尋《たず》ぬべし。」

よく知られた西郷の言葉である。人を相手にして喜怒哀楽するのでなく天を相手にせよ。天を相手にして天の道理を踏み行い、人を咎めるのでなく自己の誠心の至らぬを自省せよ、ということだ。

西郷は日新公の教えを教えとして心にしまうのではなく、自ら道に身を捨てることによって実践してみせてくれた。そして天を相手にして天の道理を踏み行い、天の助けを期待しなかったが故に天は助けてくれた。

大久保は、そんな西郷とは性格が全く異なるが、天を相手にし天命を重んじて行動したこと西郷に決して劣らない。

面白くないことがあるとへそを曲げたように駄々っ子ぶりを発揮する西郷（そんなところがかえって西郷の魅力にもなっているのだが）と異なり、文字通り信ずる道に命を捨てる覚悟で事を投げ出さず、大隈が感嘆したように〝強固なる意志の力と執着力〟によって、困難を一つ一つ成し遂げていった。

版籍奉還《はんせきほうかん》や廃藩置県《はいはんちけん》に続く諸々の近代化政策、集権化政策はどんな反対があっても断固推し進める一方、高官たちの驕慢ぶりに対する批判には官吏の人員削減その他の、政府大改革案を実行することによって信頼の回復を図るという剛と柔の施策を、当人の言葉を借りれば「ばかになり裸になって」断行するのであった。

そこにはもはや藩の感覚はない。国家があるのみである。多くの高官たちが未だ出身藩との絆を断ち切れずにいた段階で、ひとり大久保は真に国家のリーダーであった。

自分の信ずる道にただただ命を捨てる。行うべきを行って行い切る。大久保はそんな心境であったであろう。

この項の終わりに佐藤一斎の箴言《しんげん》を記しておく。

「(略)人事を尽くしてしかも事成らざる有り、これ理成るべくして数未だ至らざるなり。数至れば則ち成る。(略)」(言志録第二四五)

〝人事を尽くしてもなお成功に至らない場合がある。これは理の上では成功すべきなのだが天命天運が未だ至らないのだ。やがて天命天運が至って必ず成る。〟

版籍奉還
諸藩主が土地と人民を調停に返還したこと。しかし旧藩主をそのまま知藩事としたため、まだこの段階では形式にとどまった。

廃藩置県
藩を廃止して府県制に改めたこと。旧藩主は東京に移住とされ、知事や県令が政府から任命されることとなって、集権国家体制が確立した。

天がもう少しその人を試そうとしているのかどうか、何か事情があって天命天運が至らないだけであって、やがて天命天運が至って必ず成る、そんなときにはあせらずに待つべし、ということである。

成らぬことに焦り、天運の至らぬことに歯がみするようでは、そもそも天を相手にして己を尽くし、『身をハ捨む』と天命に任せ切ってはいないことになる。それでは天も『天の助け』を下しにくいということだ。

大久保が『身をハ捨むと思ひと』って断行した諸施策は、まだまだ天運至って成るという状況にないうちに、凶徒の刃に倒れて彼は去ったが、彼らによって国力の上がった日本が欧米列強の触手をはねつけ、インドや中国の二の舞いにならずに繁栄の土台を築いたことは、歴史の証明するところである。

四十二、し

舌《した》たにも　歯《は》の剛《こハ》きをハ　しるものを
ひとハこゝろの　なからましやは

『舌でさえも歯の硬きを知っているものを、人には人を知る心が、無かろうはずがあろうか。』

舌でさえも歯の硬いことを知っていて噛まれないように上手に接している。人にも相手を知る心が無かろうはずはないのだから、相手の性格や才能、善悪を察知して噛まれぬように接することが肝要である、ということであろうか。

同時に、それなりの人にはこちらのことも知られてしまっているのだから、下手に取り繕ったりせずに、素直に善なる心（良知）を披瀝《ひれき》すればよい、という意味も込められているようだ。

なかなか変わった比喩《ひゆ》の仕方というか、面白い使い方である。

柔らかい舌も硬い歯とうまく付き合っている。人も心を柔らかくし相手に応じてうまく付き合うようにという趣旨だと思うが、付き合う人そのものを選べとは言っていない。先の『に』の歌もそうだったが、公は付き合い方は説いても、これこれの人物とは付き合わないように、などといった狭量なことは言っていないことに共感を覚える。

教師はもちろん教師だが、反面教師もまた教師である。善なる教師とばかり付き合っていたのでは、あたかも純粋培養の無菌人間のようなものので、不善なる者への免疫ができず、強烈な不善なるものが現れたらひとたまりもなくなる。

努めて不善なる者に接しようとする必要はないとしても、反面教師もまた教師のうちとして、あるいはワクチンとして自己成長の糧とする度量は必要であろう。

石田三成は、秀吉亡き後の豊臣家を何とか守ろうとして家康に挑み、かえって豊臣家を滅ぼしてしまった。その過程は大いに興味をそそるテ

石田三成
　少年時に秀吉に見いだされて側近として仕え、五奉行の一人となり行政官として才能を発揮。関ヶ原で家康軍に敗れ斬首。

ーマとして多くの歴史家が論じているが、その理由の一つとして彼の交友関係における狭量さを見逃すわけにはゆかない。

彼は秀吉股肱《ここう》の臣として勢威をふるい、禄高《ろくだか》はそれほど高くはないものの、行政組織上は実質ナンバーツーとしての地位にあった。それだけでも周囲から妬《ねた》まれるというのに、彼はどうも性格的にも敵を作るのがうまいのである。

私たちはだれでも味方もいれば敵もいる。味方ばかりとか敵ばかりということは有り得ない。つまりは味方が多いタイプと敵が多いタイプという違いなのだが、三成の場合は敵を多く作ってしまうそれである。

同僚のミスを当人には知らせずに上司に報告したり、主君のためにやり過ぎてしまったこともやり過ぎという事実だけで処分しようとしたり、検地に当たっては誰もが知るほどの厳正さであったりと、いずれも周りの者の反感を買うことばかりである。

彼のやり方は決して間違ってはいない。理論上は極めて正しいことだ。しかしそれでは『ひとハこゝろのなからましやは』である。

彼のまじめな生一本さや細かさ、ばか正直さは秀吉も心配だったらしく、時々注意していることが『名将言行録』などにも見えるが、改めることができなかったようだ。

しかも彼は自他共に認める秀才である。秀才にありがちな鼻持ちならぬエリート意識を、三成も持っていたようだ。

実際に頭のよい彼であるから、ウマの合った相手には人心収攬《しゅうらん》の才も発揮している。だがこの能無しのばかめと思うともういけない。彼らと付き合うこと自体汚らわしいといった態度をとる。こうして武断派と呼ばれる武将たちの反感を買った三成は、すっかり彼らを敵に回してしまった。

やがて秀吉亡き後の豊臣家と家康の対立において、秀吉恩顧の武将たちは当然に豊臣家の陣営に入りたい。入りたいけれども入ろうとすると玄関に三成がいて睨みつけているようなもの。これでは踵《きびす》を返して戻らざるを得ない。しかも家康側はそんな三成を豊臣家身中の虫として、これを除くために軍を起こすという大義名分を立てた。これでは本来豊臣側につく武将たちも家康側につかざるを得ない。

こうして三成は、豊臣家のためを思えば思うほど豊臣家を滅ぼす役目

名将言行録　戦国時代以降の名将約二百人の言行をまとめたもの。館林藩士、岡谷繁実の著。

を果たしてしまった。そしてそれは人には心があること、感情があることをあまり重視せずに、物事を理論理屈のみで処断しようとした狭量さに、原因と責任の一端があると見てよいであろう。

「人の情水のごとし。これをして平波《へいは》穏流《おんりゅう》ふさのごとくを得たり。もしこれを激しこれを壅《ふさ》がば忽《たちま》ち狂瀾《きょうらん》怒涛《どとう》を起こさん。おそれざるべけんや。」（言志後録第一六九）

人の心や感情は水のようなもので、静かに穏やかに接すれば穏やかに流れるが、もしこれを怒らせたりせき止めたりすれば、たちまち狂瀾怒涛の流れとなる。心せよ、ということだ。

大久保利通にこんな逸話がある。

後に陸軍の制式銃となる村田銃を作った薩摩藩士村田経芳《つねよし》は、研究の結果新式銃を発明、藩主や旧式砲術の師範たちの前で試射を行ってその優秀さを披瀝した。

当然即刻採用になるものと思っていたがならない。村田が不満を口にすると大久保は、師範たちを追い詰め造反させる愚を諭し、むしろ師範の子弟たちを江戸や長崎に留学させて砲術を学ばせ、村田にも師事させ

村田経芳
薩摩藩士で村田銃の発明者。後、陸軍少将となる。

た。

その結果、薩摩藩の軍事力は飛躍的に向上したという。大久保流人心掌握術の妙を示した逸話である。

四十三、ゑ

ゑゝる世を　さましもやらて　盃に
無明のさけを　かさぬるハうし

『あたかも酒を飲んで酔っているかのように世の中が乱れ迷っているのに、それを覚ましてやろうともせずに、さらに盃に煩悩《ぼんのう》に迷う無明《むみょう》の酒を重ねるとはつらいことだ。』

『ゑゝる世』とは、酔える世のことである。『無明』は、以前にも見たが仏教用語で煩悩に迷い悟れない状態をいい、『うし』とは〝憂し〟である。

世の中はまだまだ迷い乱れているのにそれを平定することもできず、盃に迷いの酒を重ねて、迷い乱れる世に迷い乱れる自分を重ねるとは何と情けないことか、という、公自身の感慨と、あわせて、酒に酔ったように乱れた世がさらに盃を重ねるようでなかなか覚めないことを、憂えた歌であろう。

酒に酔ったような世の中とまだまだ酔い続ける世の中、そして自らも酒に酔って何もできない情けなさと煩悩に迷うつらさ、そんな諸々を含めたやるせなさを詠んでいるのであろうか。

『いろは歌』ができた一五四〇年代の半ば頃は、宿敵島津実久を降伏させ薩摩の大半を手中に収めたとはいえ、薩摩北部の渋谷一族、さらに肝付氏を始めとする大隅の諸豪族や日向《ひゅうが》の伊東氏など、公に敵対する群雄も数多く、まだまだ戦乱の世は終結しそうにない状態であったことはすでに述べた。

もしかしたらこの歌は、これまで肩肘《ひじ》張り突っ張って遮二無二《しゃにむに》生きてきた公が、ふと垣間見せた人間的弱みの歌だったかもしれない。

宿敵実久の一党を滅ぼして、十二年にわたる大仕事を成し遂げ肩の荷を降ろして、それまで実久一党を倒すことのみに注がれていた目を上げ、周囲を見渡してみれば自分が平定したのも薩摩の全てではなく、薩北に

渋谷一族
中部薩摩の豪族で、祁答院や入来院なども同族。一族して日新公と争う。

もそして大隅にも日向にも、まだまだ戦わなければならない敵はうんざりするほどいる。

盃に注がれた酒をぐいっと飲み干し、フーッとため息をつきながら、自嘲気味にニヤリとする公の姿が目に見えるような気がする。

人は誰でも大仕事を終えた後には気が抜ける。私なども悪戦苦闘しながら書いている原稿をやっと脱稿した後しばらくは、成し終えた喜びよりも気の抜けた虚脱感の方が先に来て、しばらくはボーッとしてしまう。一カ月ほどは原稿に向かう気すら湧いてこない。

一人で原稿を書くのと軍を動かして戦をするのとでは比較にもならないが、一仕事終えた後というものは似たような心理になるのだろう。

そしてその期間は反省の期間ともなり、次の作戦を立てる期間ともなり、なにより充電の期間となる。

そう考えたなら『無明のさけをかさぬる』のも、時にはよいのではないかとさえ思われる。大切なことは『ゑゝる世をさまし』てやらなければと強く心に思うことであり、思い続けることであろう。

稲盛氏は昭和五十二年、社会全体の不景気で会社が困難に直面したとき、それを打破するために「潜在意識にまで透徹《とうてつ》するほどの強く持続した願望、熱意によって自分の立てた目標を達成しよう」というスローガンを出している。新製品の開発が思うにまかせず、異業種、異分野への展開もままならなかったとき、将来の発展の基礎だけでも築こうと呻吟《しんぎん》していた時期のことである。

「本人が立てた計画に対して、本当にド真剣に考えられるかどうかが、成功するかしないかを決める。来る日も来る日も、本当にド真剣にこうありたいと願う。それが潜在意識に透徹していると、意識しない状態でも潜在意識の下で我々は行動する」というわけである。また、「どうしてもそうありたいと思って努力を一生懸命に続けると、それは『至誠、天に通ず』といっていい」とも言う。

ただし、いかに「強く持続した願望、熱意」があっても、それが利己的なものであれば天は助力をしてくれない。

多くの起業家の浮沈を見てきた私の仕事柄、導き出される結論のもう一つに、自分のためばかりを考える起業家はダメだということがある。

当たり前ではないか、と、誰もが思うかもしれない。文にしてみるとたしかに誰もが当たり前と気づくこのことが、現実の企業家たちにはなかなかわからない。

難しい理論を省いて言えば、起業者の浮沈のカギは、周囲が応援してくれることと、社員たちが心から応援してくれることにある。このことはすでに述べた。自分一人で始めたばかりなら周囲の応援が得られるか否かがカギであり、少し軌道に乗ってきて社員を雇えるようになると彼らの応援の有無が加わる。

そしてそのための絶対条件が経営者自身の魅力と仕事に対する姿勢である。このこともすでに述べた。つまり社会に貢献しようとしている仕事か否か、社員を含めてみんなを幸せにしようとしている姿勢があるか否かということである。

ここがどうなのかによって、即ち経営者がどうなのかによって浮沈はほぼ決定する。技術の良し悪しや製品の良し悪しは浮沈の理由の二番目か三番目、もしかしたらそれ以下かもしれない。だが起業家の多くはそのことに気がつかない。なまじ技術や製品に自信のある場合はなおさらだ。こうしてエリートで自信家の起業家ほど沈んでゆく。そんな実例が世の中には多すぎる。

事上磨錬《じじょうまれん》で良いのである。自己の向上を図り利己の心を少しばかり削って、『ゑゝる世をさましもやらて』と自身をも情けなく思う公の利他精神に目覚めれば、天はまちがいなく、それなりに助力してくれる。

四十四、ひ

ひとり身を　あはれと思へ　ものことに
民《たみ》にハゆるす　こゝろあるへし

『独り身の者はあわれみいたわるように、そして何事によらず民には慈しみおもいやる心掛けがなければならない。』

『ゆるす』は「許す」ではなく、おそらく「恕《じょ》」のことであろうと思われる。この語も〝ゆるす〟と読まれ、慈しみおもいやる意味である。

さて、前段の『ひとり身をあはれと思へ』までの部分とそれ以降とでは、何かつながらない違和感を覚えることと思う。後段の民とは民の全てを意味するから、独り身の者も包含されるわけで、あえて独り身だけを特別扱いするにはそれなりの意味がなくてはならない。

実は『孟子』の、梁《りょう》ノ恵王編に「老いて妻なきを鰥《かん》といい、老いて夫なきを寡《か》といい、老いて子なきを独《どく》といい、幼にして父なきを孤《こ》という。この四者は天下の窮民《きゅうみん》にして告ぐるなき者なり。（周の聖天子）文王の政《まつりごと》をおこし仁を施すや、必ずこの四者を先にせり」という一文がある。四者はいずれも独り身の者である。

公は『孟子』のこの一文から独り身の者をまずは先に『あはれ』み、次にその他の民を『ゆるす』心を持つべしと説いたのであろう。

中国では家族が経済的、社会的あるいは政治的単位として特に重要な意味を持っているが、儒学においても家族を最も重要な存在としており、道徳の修養の場として位置付けてもいる。

その家族が拡大したものが国家であるとする。したがってその頂点にある君主は父親のごとき仁愛をもって、人民を治めるものでなければならないとされた。

『孟子』の一文にある四者はいずれも家族愛の枠外にあるあわれな者たちである。したがって君主たる者、父親の仁愛をもってまずはこの四者にあわれみを掛け、しかる後に人民一般を慈しみおもいやる心掛けがなくてはならない、というのが歌の趣旨であろう。

こう見てくると、四者つまり『ひとり身』の者とは比喩《ひゆ》的表現であって、社会的にも家族的にも恵まれない者たち一般を指していると解釈してよいようだ。

同じ『孟子』には「吾が老を老としてもって人の老に及ぼし、吾が幼を幼としてもって人の幼に及ぼさば、天下は掌《たなごころ》に運《めぐ》らすべし。故に恩を推《お》さば以て四海を保つに足り、恩を推さずんば以て妻子を保つ無し。(後略)」(梁ノ恵王編)ともある。

自分の家族である父や祖父をいたわり、その心を他人の老にも及ぼす。また自分の幼い者たちを慈しみ、その心を他人の幼にも及ぼす。そのようにするならば天下は手のひらで転がすように容易に治まる。すなわち(家族への)恩愛の心を次第に周囲に推し広めてゆくならば、広い天下も十分治めることができるが、そうしないならば妻子つまり家族すら治めることはできない、ということだ。

ここにも中国の、そして儒学の家族思想を読み取ることができる。

基本的単位としての家族、その家族に肉親としての仁愛をほどこしこれを治めるように、家族以外の者たちにも仁愛の心をもって慈しみおもいやるならば、広大な天下とて容易に治めることができる、とするのである。

日新公の歌は、家族の意味にまでは及んでいないが、儒学、特に孟子の思想をよく受けて、君主として、領内領民に対する政治（まつりごと）はいかにあるべきかを説いたのであろう。

「道は天地自然のものにして、人は之を行うものなれば、天を敬するを目的とす。天は人も我も同一に愛し給う故、我を愛する心を以て人を愛するなり。」

広く知られている西郷の「敬天愛人」の言葉である。天は我々にまんべんなく太陽の恩恵を与えてくれ、雨の恵みを施してくれる。そこに誰彼の区別はない。そのような天を敬う自分は、天が我々を愛してくれるように人々を愛する、というのである。愛したいと思う、ということかもしれない。

これが西郷の至誠なのであろう。そして、その覚悟で天下を治めるなら治められないはずはない、との自負と、驕《おご》り高ぶってふんぞり反っている権官たちへ反省を促す意図も、含まれているのかもしれない。日新公の心を継承した西郷の心である。

余談の部類に入るかもしれないが、これまでも何度か取り上げたように公の遺産ともいうべき郷中教育の中で少年期、青年期を育ち、やがて名伯楽《はくらく》、斉彬《なりあきら》公に見いだされて成長し、新生日本を創りあげたその西郷は、公のいろは歌を体現したような生き方をした人物であるが、彼の思想や行動を作り上げた要素の一つとして次のことも忘れてはならないようだ。

それは十八歳から勤めた郡方という農政役所での十年間だ。ここで彼は郡奉行の迫田利済《さこだとしずみ》という奉行から多くの薫陶を受けた。

迫田は後に、藩から凶作でも年貢《ねんぐ》は減ずるなとの命を受けたとき、「虫よ虫よ五ふし草の根を絶つな、絶たばおのれも共に枯れなん」と歌い、藩が農民や稲の根を絶てば結局は藩が枯れるものを、と憤慨してさっさと職を辞してしまった人物で、識見高く『ひ』の歌そのもののように、民を慈しみ思いやる高潔の士であったという。

このような人物が、多感な年齢の西郷に与えた影響は想像以上のもの

迫田利済
薩摩武士の典型といわれ気骨ある正義漢だったという。西郷の人格形成には斉彬公よりも影響が大きかったと思われる。

があったと見てよい。こうして、藩政末端の農民たちと付き合った十年間は西郷を大きく成長させ、『民にハゆるすこゝろ』あるべきを身をもって体験し、やがて斉彬公に見いだされることとなる。

一人の人物が大成して大事業を成し遂げるまでには、多くの力がその土台を形成していることに、改めて感銘を覚える。

四十五、も

もろ〳〵の　国やところの　政道ハ
人にまつよく　教へならハせ

『国や地方地方の政治とか、それを行うための定め、法令などは、まずは人々によく教え習わせるようにせよ。』

『政道』には政治という意味や、その政治を行うための定め、法令といった意味がある。

『教へならハせ』とは、単に教え習わせるという意だけではなく、教え込んでそれが習わし、つまり習慣になるようにせよ、ということでもあるようだ。

兵法で知られる『孫子』の行軍編に「令もとより行われもってその民

に教うれば則《すなわ》ち民服す。令もとより行われずしてもってその民に教うれば則ち民服せず。令もとより行わるれば衆と相得るなり」とある。

法令が普段から行われ民に浸透していれば民は服す。しかし法令が普段から行われず浸透していないならば突然教えても民は服さない。法令が普段から行われていればその法令は人々の心になじみ守るものである、というのである。

公の歌もこの趣旨に共通するものであり、民を統率する者の心得を述べたものであろう。

そこでは、前の『ひ』の歌と同様に民を慈しみ思いやる心掛けを教えているとみてよいが、同時に、統治者として上手に政治を行い、法令などを守らせる技術を教える意味も含まれているようだ。すなわち、政治のやり方や法令などをよく人々に教え習慣になるようにしておけば、違反したために罰せざるを得なくなる者も少なくなるであろうという趣旨と、人々がよく服しよく守るようになれば、統治もやりやすくなるという趣旨である。

『荀子』に「教えずして誅《ちゅう》せば刑繁くして邪《じゃ》に勝たず」という語がある。

決め事を教えもせずに違反したからといって誅するならば、刑罰の数が多くなるのみで結局悪に勝つことはできない、というのである。

つまり政治の目指すところを教え、法令の意義と守るべき意義を教えずして罰するのみならば、かえって民は反抗するから刑も頻繁になるし、細かな罰則も数多く作らなければならなくなるが、それでも結局は悪に勝つことはできない、と説くのである。

人間本来の性は悪であるとする荀子であるが、しかし儒学でいう礼と楽《がく》を柱とする修養によって徳化できるとしており、努力の積み重ねによって善にも悪にもなると説いているところなど、現実的で納得できる人も多いのではなかろうか。

日新公が『荀子』を学んだかどうかは知らないが、現実に政治を行う立場の者にとっては、この現実性には共鳴を覚えるかもしれない。

ついでながら『荀子』の先の語は「教えて誅せずば姦民《かんみん》懲《こ》りず。（中略）故に先王、礼義を明らかにしてもってこれを壱にし、忠信を致してもってこれを愛し」と続く。

教えずして罰するならかえって刑繁くなるが、しかし教えるだけで罰せずに甘やかすと狡《ずる》い民は教えから外れて懲りなくなる。故に昔の聖天子は礼と義により民をまとめ、真心を尽くして民を慈しんだ、というのである。

公の意図はまさにここにあったのではないかと思うほどの一言ではあるまいか。実際に政治を行い民を指導するとなれば、愛もただただ慈しむ慈愛ではならず仁愛、すなわち礼を重んじ社会的規範を尊重する形での愛でなければなるまい。公が先に詠んだ『やはら倶といかるをいはゝ弓と筆鳥にふたつのつはさとをしれ』の精神と近似であろう。

もちろん、いかに法や政治を整え、これを『よく教へならハ』しても、それを運用するに人材を得なければ生きてはこないこと、言うまでもない。

国であるなら行政や司法、立法の担当官であり、企業などの組織であればトップを始めとする管理者たちの資質である。

〝どんなに法律や制度を論じても、それを運用するに人材を得なければ法も制度も生きてはこない。人材あってこその法や制度である。人材こそ第一の宝、人もそのような人材になろうとの心掛けこそ肝要〟とは西郷『遺訓』の意訳であるが、法や制度を整備し、それを『よく教へならハセ』たなら、次には人材の発掘であり教育であるということであろうか。どんなことでも結局は人に帰結するようだ。

公の歌に戻ろう。結局は人に帰結するとしても、人々を治め教え導きまとめてゆくためには、法や制度の目的や意義を明確にして教え知らしめることは必要不可欠である。

それは今日の国や自治体も同じであるし、個々の企業組織においても同様である。ところが、企業組織においてはこの辺が極めて不明確なところが多い。

大きな企業でもその理念や主義主張、目指すところが不明確で社員のほとんどがそれを知らないというケースはかなりあるし、小さな企業ではそんなものは存在すらしないというところもあって驚かされる。

企業の法令ともいえる就業規則となるともっとひどい。きちんとしたものを作成し、かつ社員にその意義と内容を教えているところは、果たして何社あるだろうかといった状態である。

作成はしてあっても教育していないところも多いし、小企業では作成

就業規則　会社組織の憲法ともいうべき性質のもの。これを疎かに考える会社はタガのない桶のようなもの。

すらしておらず、むしろそのようなものを定めること自体を嫌がる経営者も少なからずいる。

これでは「人」の段階どころか、その前段階の『よく教へならハせ』るべき『政道』すらも無い段階なわけで、それで組織を束《たば》ね、リーダーに服させて導いてゆくなど不可能と言ってよいし、ましてやる気を起こさせて事業拡大をもくろむなど、論外というものである。

四十六、せ

せんにうつり　あやまれるをハ　改めよ
義ふきハ生れ　つかぬものなり

『善に移るように。過ちがあるなら改めるように。義や不義は生まれつきのものではないのだから。』

「義」とは、何度か見たように「利」に対する概念であって、人としての正しい道、道理のことである。『義ふきハ生れつかぬもの』とは、正しい道を歩む善なる者もそうでない者も生まれながらのものではない、といった意味であろう。

歌の趣意は、〝生まれながらにそうあったわけではないのだから、過ちに気が付いたら改めて正しい道、善の道を歩むようにせよ〟ということであろうか。

これは王陽明の説く良知に返れ、良知を致せという「致良知」の趣旨そのものであるといってよい。

ここで少し「致良知」について見てみることにするが、その前に陽明のこの教えの基となった孟子の説を見てみよう。

「惻隠《そくいん》の心は人皆これ有り、羞悪《しゅうお》の心は人皆これ有り、恭敬《きょうけい》の心は人皆これ有り、是非の心は人皆これ有り。惻隠の心は仁なり、羞悪の心は義なり、恭敬の心は礼なり、是非の心は智なり、仁義礼智は外より我を飾るに非ざるなり、我もとよりこれを有するなり、思わざるのみ。」（告子上編）――〝人にはみな人を哀れみ痛む心があり、悪を恥じ憎む心があり、目上を謹み敬う心があり、善悪を見分ける心がある。惻隠の心は仁であり、羞悪の心は義であり、恭敬のこころは礼であり、是非の心は智である。この仁義礼智は外から自分を飾りたてたものではなく、もともと誰の心にも有るものである。ただ気が付いていないだけのことなのだ。〟

「仁義礼智」は自分を飾りたてるために後で外から身に付けたものでは決してない。それは初めから誰の心にも有るのであって、ただ気が付いていないだけだ、というのだが、これがよく知られる孟子の性善説である。

陽明はこの仁義礼智の思想をさらに発展させ、特に是非の智の心に重点を置いた。人が天から与えられた生まれながらの「心の本体」は善も悪もない純粋無垢なものなのだが、やがて生ずる善悪を判断する、霊妙な知の働きを「良知」とする。そして、この良知に反抗して勝手に行動しようとする心を抑えて良知良能を発露することを良知を致す、すなわち「致良知」とするのである。

こう見てくると、日新公の歌における、生まれながらにしての人の心にはそもそも義も不義もない（善も悪もない）、つまり誤った考えや行動、悪の心などは生まれつきではないのだから、過ちに気が付き悪の心に気が付いたなら（良知が発露されたなら）改めて、人としての正しい道、道理、善に帰るように（良知を致すように）、とするこの趣旨は、そのまま陽明の中心思想に相通ずる思想であることがわかる。

そして陽明は、良知を致し極めれば、すなわち善も悪もない純粋無垢な本来の心に帰れれば、真の心の楽しみが得られるとして次のようにも言う。たとえば、〝親に孝をしてもそれを孝とも思わず、君に忠をしてもそれを忠とも思わず、懸命に働いてもそれを勤勉とも思わず、難しい仕事をうまく処理しても能があるとも思わず、難に臨み義に死んでもそれを節のためとも思わない。このようにして初めて我が心は快く楽しくなる。私は我が心を快く楽しくすることだけを求めたい。世間の人は、君子というものは富貴貧賤《ふうきひんせん》や憂苦艱難《ゆうくかんなん》を超越して普通の人ができないことをしていると思っているが、なに、我が心を快くし楽しくすることを求めているのでそんなもの（富貴貧賤や憂苦艱難）は気にならないだけなのだ〟（「夢槎奇遊《むさきゆう》の詩巻に題す」から）と。

つまり、君子というものは孝行をしても勤勉をしても、どんな良いことをしてもそれでどうということもない。見返りを要求するでもなければ期待するでもない。ただただ自らの心が快く楽しめればそれでよい、それだけを求めているのである、というのである。

これは「致良知」の神髄と言えるのかもしれない。人が天から授かった本来の心が純粋無垢なものであるならば、その心の本体を知り、それに帰ろうとすれば自然に、どんな善の行為も自己の心が快く楽しくなることを求めるのみであって、それ以外のものではなくなる。

公の歌がここまでを意味しているかどうかはともかく、公自身はすでにこの境地に入っていたであろうことは、いろは歌全体を通して了解できる。

最後に、陽明が君主（リーダー）も「致良知」をと説諭する文を載せてこの項を終わる。〝君主も良知を致すように努めれば、是非の判断も公平になり、自分を見るように民を見、我が家を見るように国を見るようになって、天下は自ずと治まるもの。〟（伝習録中巻より）

四十七、す

すこしきを　たれりともしれ　満《ミち》ぬれハ
月もほとなき　十六夜《いさよひ》の空

『少ないことを足れりとも知るべし。満ちてしまえば、月とてもまもなく十六夜の空のように欠けてくるもの。』

『十六夜の空』とは、月が満月になる十五夜のその次の日の空ということで、満ちてしまえば十六夜の空のように、後は欠けてゆくのみだぞ、と諭した語である。

『たれりともしれ』とは「知足」、つまり〃足ることを知る〃の命令の形である。

仏祖三経の一つとされる『遺教経《ゆいきょうぎょう》』に「足を知る人は貧しといえど

遺教経　釈迦が入滅するときに弟子たちに最後の説教をしたおりの経典。禅宗では仏祖三経の一つとして重視。

も富めり」とあり、これを受けて恵心僧都源信《えしんそうずげんしん》の『往生要集』に「足るを知れば貧しくとも富み、財があってもなお多くを欲すれば貧し」とあるが、中国道家思想の祖とされる老子の『老子』三三章にも「足ることを知る者は富めり」とある。同じく四六章には「欲多きより大なる罪はなく、足るを知らざるより大なる過《か》はなく、欲を得ようとすることより大なる咎《きゅう》はない。故に足ることを知るの足るは常に足れり」ともある。

これら「知足」の思想を土台にしたのが、公の『す』の歌であろう。

個人レベルの際限のない欲望を説諭する言葉としても、また企業など組織のあくなき利潤追求への警鐘としても、知足の語や公の歌は常に私たちの胸に留めておかなければならない人生訓であろう。

公が軍を起こすその戦いぶりを眺めても、この語は常に公の意識にあったようで、完璧な勝利をもくろんで無理をするということはなく、猪突猛進をせずに一歩一歩、着実に歩を進めて大をなしているのがわかる。

公がこの歌を詠んだころは、長男ですでに島津本家当主になっている貴久《たかひさ》は三十代半ばの働き盛りだし、勝ち気な次男、忠将ら息子たちもそれぞれ一軍の将として活動していたから、無理をするなとの、彼らに対

源信
往生要集の著者。天台宗の僧。恵心僧都ともいう。栄達を嫌い栄誉の称号を全て辞退し著作と修行に専念。

老子
春秋時代の思想家。道徳を重んじ道家と呼ばれる。後に神仙の術や仏教と結び道教が生まれる。

する説諭の意味も、この歌には込められているのかもしれない。

現代でも、成功に心躍って調子に乗り過ぎ、もっと上をもっと上をと急ぎ過ぎたがゆえに、コテンとつまずき転んで雲散霧消する企業は数知れない。

そんなことにならないように、ここまで来れただけでもありがたいことなのだから、調子に乗って踊り過ぎ、崖から転落せぬようにとの諫《いさ》めの気持ちがあったのであろう。そういえば、公が法華経の経典を貴久公に贈るとき、「開運するといえども天下を取る望み致すべからず、十分満るときにはまた破るときあり」と記して渡したという。あるいは、毛利元就が子や孫たちに、決して天下への野望を抱いてはならぬと諭したことと、同義だったのだろうか。

ただしこのことは、決して志を小さくして大望を抱くなということではない。十を望んで七、八を得、億万長者を望んで千万長者に止まり、天下を望んで一国に収まるのが常なのだから志はいかに大きくともよいけれど、足るを知らずに猛進して欲を満たそうとすると、どこからともなくほころび始め欠け始めるぞということである。

法華経　妙法蓮華経のこと。譬え話に満ち、現実的で物事を肯定的にとらえ、全てに仏性は宿るとする「諸法実相」が基本テーマ。

物事はすべからく足れる少し前、八割から七割というところがちょうど良いようだ。腹も八分目というし、欲しい物も全て手に入ったらもはや楽しくなくなろう。それでも欲には際限がないから次々と欲しい物は生まれるが、しかし〝必要〟なものに対する純粋な情熱と、〝あればなおよい〟物への欲望とでは本質がかなり異なるようだ。

私などはまだまだ必要なものさえ満たされない状態ではあるが、それでも若くして独立したときに比べればずっと良い。だが、ではどちらが幸せだったかと問われたら、即座に、独立したばかりで好きな酒も週に一度、好きな刺し身は月に一度有るか無しの時代の方が、はるかに幸せだったと答えられる。

将来に夢を見て純粋にがんばっていた時代の、酒一合の旨《うま》さは涙が出るほどだったし、久しぶりに食べた刺し身の味は明日からの力強いエネルギーとなってくれた。

いつでも酒が飲め、刺し身の旨いまずいに文句を言っている現在は、まったく足ることのなかったあの頃の半分も幸せではない。

そんなことを考えると、『たれり』とは、実は心が足ることであることに改めて気が付く。物でも金銀財宝でもない、心が足ることこそ真の『たれり』と感ずることなのであろう。

物が足りても幸せにはなれない。幸せな気分にもなれない。何も無い、無い無いづくしの生活のころの酒一合、刺し身一切れの味は心の底から〝幸せ〟を実感できる味であった。あの頃こそは真実、心一杯に満ち足りた時代であった。

これからは、志はなお高くして上を目指しながらも、煩悩《ぼんのう》の欲は極力無くすようにして、心は常に満ち足りた状態に置けるよう、精進をしようと思う。『いろは歌』の心を、心からすがすがしく味わわせていただいた、日新公に感謝しながら。

解説
島津家中興の祖、日新公小伝

一、島津日新公　その人となりと人生

島津家の繁栄と分裂

薩摩島津家は、源頼朝とその愛妾《あいしょう》で比企能員《ひきよしかず》の妹、丹後局《たんごのつぼね》との間に生まれたと言い伝えられる忠久《ただひさ》に始まる。後に近衛《このえ》家の荘園である島津荘の下司職《げすしき》（事務官僚）に補任《ぶにん》されたおりに、島津姓を名乗るようになったものと思われる。

その後島津荘地頭《じとう》職、さらに薩摩国守護職、一時は大隅・日向の守護職にも任ぜられたが、当時の常として当人は現地に赴かず、代官を派遣してその任に当たらせていたようである。

第三代、久経《ひさつね》の代になって蒙古《もうこ》襲来の大変事があり、幕府が九州の防備のため九州各地に領地を有する御家人たちに現地に赴いての警固《けいご》を命じたのを受けて、久経は息子たちとともに南九州に下向した。このときをもって島津家は南九州に根を張ることとなる。

この久経の次男である久長が、父の所領のうち伊作《いざく》荘を継いで地頭となり、分家したのが日新公の生まれた伊作島津家の始まりである。

当時、武士団における慣習として、所領を子供たちに分割して譲与することは広く行われていた。ただし本妻の長男である嫡子は最も多くの所領を引き継ぎ、これを惣領家、あるいは本宗家などと呼んだ。こうして分家した同族たちは本宗家を中心として団結し、本宗家の指揮権の下に共同して共通の敵にあたるという図式が形成されるのである。

しかし本宗家の力が強く、かつ共通の敵が目前の脅威としてある間は十分に機能した団結共同関係も、目前の脅威がなくなり、あるいは本宗家の力が弱くなると同族内の内部抗争が起きてくる。こうなると同族であるだけにかえって始末が悪い。血のつながりがあるということは、良いときには団結心を強めもするが、一旦こじれると憎悪感を増幅させる。競争意識も他人どうしより激しくなるし、入り組んだ婚姻関係からのしがらみもあるから、その抗争はかなり複雑になる。

したがって戦国大名がのし上がってくる過程では、同族及び各地に盤踞《ばんきょ》するその他の土豪を押さえ服従させるまでに多くのエネルギーと時間を費やす。やがて天下統一の先駆けとなる織田信長に

伝島津忠久画像

おいても、その父信秀などは一生のほとんどを同族や近郷の豪族たち、あるいは彼らと気脈を通じて侵略を企てる近隣の諸大名との争いに費やしているし、信長自身も同族たちをほぼ平定し強力な組織を作り得て、永禄三年（一五六〇）に今川義元を桶狭間《おけはざま》に迎え撃てるようになるまでに十数年を要している。

薩摩の島津家も例外ではなく、本宗家以外に日新公の伊作島津家のような分家が数十家もあり、時に同盟し時に牽制しあいながら戦国期に入っている。

伊作島津家では七代、犬若丸が十六歳で早世して子もなかったため、本宗家九代忠国《ただくに》の三男、亀房丸を跡目として迎え、八代目とした。後に久逸《ひさやす》（とし）と名乗り日新公の祖父となる人物である。伊作島津家ではこの段階で再び、より本宗家に近い血筋の人物が入ったことになる。

菊三郎の誕生と母、常盤の教育

久逸の子が善久《よしひさ》で九代当主となり、その子が菊三郎、後の日新公である。母は同じ島津分家の新納《にいろ》家から嫁いできた女性で常盤《ときわ》という。

明応元年（一四九二）、日新公が生まれるとき、母の常盤は金峰の三峰が懐に入る夢を見たと伝えられる。この種

日新公画像

の言い伝えは英雄誕生のエピソードとしてあちこちにある話だからその程度に理解しておけばよいが、このようなエピソードが生まれるほどに公が子孫たちを始め領民に尊敬されたということは、公の業績とその後の薩摩藩を考えるとき重要な意味をもつ。

さて、このようにして生まれた菊三郎であるが、三歳のとき、乗馬の好きだった父の善久は、ある日乗馬の途中で供の家来とささいなことで口論となり刺し殺されてしまった。

伊作島津家では当主の突然の死に騒然となったが、幸いまだ先の当主の久逸がいる。善久の妻の常盤も賢夫人の誉れ高い女性で、よく家臣たちの動揺を抑えたためほどなく安寧《あんねい》を保つに至った。

菊三郎は母常盤と祖父久逸に育てられることとなったが、母と祖父ではどうしても厳しさに欠ける。二人は相談して海蔵院という真言宗の寺僧で、名僧の誉れ高い頼増《らいぞう》和尚に教育を頼むこととして、七歳のときに海蔵院に預けた。

母の常盤も学問好きで儒学などを好んで学んでいたそうだから、自ら教育しようと思えばできたのだろうが、肉親では教える側にも無用な情が生まれるし、教えられる方にも甘えが出よう。それでは菊三郎のためにならないし、この時期に教えなければならないことは学問だけではない。人と

竹田神社

日新柱　（『吹上町の文化財』より）

して、上に立つ者としての基礎こそ大切と思い至ってのことであったようだ。

この海蔵院でのエピソードは数多いが、よく知られていることとして、我意を通して頼増和尚の言うことを聞かないようなときには、寺の柱に縛り付けて訓戒し反省させたという。その柱は後に寺が焼けたおりにも焼けずに残り、記念として現在でも伊作小学校に保管されている。

また、あるとき小僧たちと寺内で大暴れに遊んでいるのを見た和尚が、戒めのために薙刀《なぎなた》を持って追いかけた折り、小僧たちははだしで外に逃げ出したが、菊三郎だけは履くべき草履《ぞうり》がないというので玄関に立っていたという。和尚はその姿を見て薙刀を投げ捨て涙を流して抱き上げ、〝さてさて後にはよき大将軍にこそなり給わん〟と感じ入ったという話が残っているが、あるいはここが先途《せんど》と思い定めて覚悟を決めた態度であったのかもしれない。その覚悟ある態度が大物の風情だったのであろうか。

こうして海蔵院で修行中、菊三郎九歳のときに今度は祖父の久逸が戦死してしまった。島津家の分家である出水《いずみ》島津家（薩州家）の、その本家と分家の争いに巻き込まれて出陣した際の出来事であった。

とうとう母一人子一人の身となったわけだが、気丈にも常盤は女の身ながらもよく主なき伊作島津家を守り、菊三郎を呼び戻すことなく、十五歳で元服するまで海蔵院での修行を続けさせた。

忠良、伊作家と相州家を合わせて当主となる

やがて海蔵院での修行を終えた菊三郎は元服して忠良と名乗り、伊作島津家第十代当主となった。

その後は母の一族である新納忠澄《にいろただずみ》が教育係となり、朝夕行動を共にして訓育したといわれる。この忠澄は徳のある人物で学業にも優れ、忠良の得難き学友であり師匠であったようである。幼児期から少年期には母の常盤および頼増和尚という厳しい師匠に人の道を訓導され、青年期には忠澄という学徳優れた人物に文武の道を指導された忠良は、人間形成の貴重な時期にこの上ない環境におかれたことになる。

人は生まれながらの資質と、幼児期から青年期にかけての教育指導の融合によってその後の人格が形成される。その意味において忠良の教育環境は理想的であるが、その筋道を付けてくれたのは母の常盤であった。

優れた人物の輩出の裏には、優れた母の存在するケースが多い。人の幼少時には、母という母性

島津運久画像

とのつながりが脳や精神の成長に大きな意義をもつようである。

ところでこの母はもう一つ、忠良のために大きな決心をする。

同じ島津分家である相州家二代目の運久《よきひさ》は、常盤の美貌と才徳の秀でたるに恋い焦がれて、再三再四自分の室にと申し入れてきていた。常盤も初めのうちは強く断っていたのであるが、運久が、自分には子がないからいずれ常盤の子、菊三郎をして当家を継がせるという誓詞を差し出してくるに及び、この上断って兵を差し向けられるようなことにでもなれば、未だしっかりした主のいない伊作家の勝利はおぼつかなしと、ついに常盤も決心して、運久だけではなく相州家家臣一同も、菊三郎を世継ぎとすることに異存なしとの誓詞をも差し出させた後、運久の申し出を承諾した。

こうして忠良が二十歳を過ぎた永正九年（一五一二）、約束どおり運久は隠居して忠良に跡を譲り、忠良は伊作家とともに相州家をも合してその主となり、伊作領のほかに田布施、阿田、高橋の地を合わせ、一挙に家来も領地領民も増やすこととなった。

これより先、忠良は薩州島津家第三代、成久の娘を室としており（寛庭様《ひろにわ》）、まもなく長男でやがて本宗家第十五代を継ぐことになる貴久《たかひさ》が生まれている。

この頃のこととして、領内のある者が年老いた父親を棒

島津貴久画像

で殴って大ケガをさせたというので、忠良はこの不孝の子を捕らえて死罪にし、さらし者にしたことがあるという。誠のこととすれば、孝の道を追い求める気持ちの現れとはいえ、これは明らかにやり過ぎである。いかに大ケガをさせられたとはいえ、この父親にとって子は子、自分の子を殺され、さらし者にまでされて喜ぶ親はおるまい。おそらく親子ゲンカでもしていたのであろうが、子を殺された原因を作った自分をどんなにか責め苛んだことであろうか。

忠良も後にはこのことを悔いたというが、『とかありて人を切《きる》とも軽《かろ》くすないかすかたなもたゝひとつなり』という『と』の歌などには、若気の至りとも言うべきこのようなことへの反省の気持ちが、込められていたのかもしれない。

ともあれ、忠良一家一族には外からの波や風はなく、一応は平穏に過ぎていた頃、島津本宗家には大変な風波が押し寄せていた。

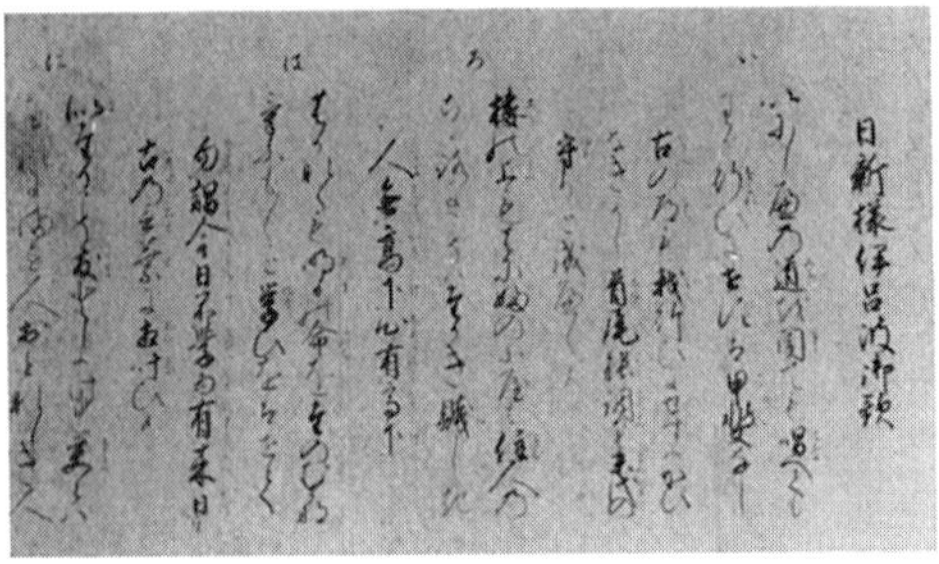

日新公いろは歌

本宗家の衰微と出水島津家の台頭

本宗家では第十一代、忠昌が本宗家の力の衰えを嘆きながら亡くなった後、長男の忠治が第十二代を継いだが、近隣の豪族に反旗をひるがえされ、その討伐の最中に病に倒れ若くして亡くなった。その弟、忠隆《ただたか》が第十三代を継いだが、彼もまたわずか数年後に亡くなってしまう。

そして三男の勝久《かつひさ》が第十四代を継いだ頃、島津分家中、最大の勢力を誇っていた薩州出水《いずみ》島津家の第五代、実久《さねひさ》（忠良の妻寛庭夫人の甥）の横暴が目につきはじめた。

実久はその勢力を背景とし、かつ自分の姉が勝久の室となっている関係から、勝久に迫って自分に守護職の座を譲らせようとした。実久はまだ若く驕慢《きょうまん》な性格の人物であったようで、父祖の築いた自家の土台と勢力を、自分の実力で勝ち取ったものと錯覚したのであろう。

二代目三代目の若社長には往々にしてこのような人物がいるものである。いや程度の差こそあれ、むしろそのような人物の方が多いとすら言ってもよい。理論としては自分が築いた組織でないことくらい誰でもわかっているが、代を継いで数年し、自分でもこの組織を動かせる自信が生まれると、次第に自分が創業してもこのくらいの組織にはできたと錯覚し始める。まちがって少し業績が上向いたりするとますます増長する。

こうなると、後は二代目三代目が没落する定型パターンを取って坂を転がり落ち始める。すなわち驕慢さに嫌気がさした有能な人材の去り始

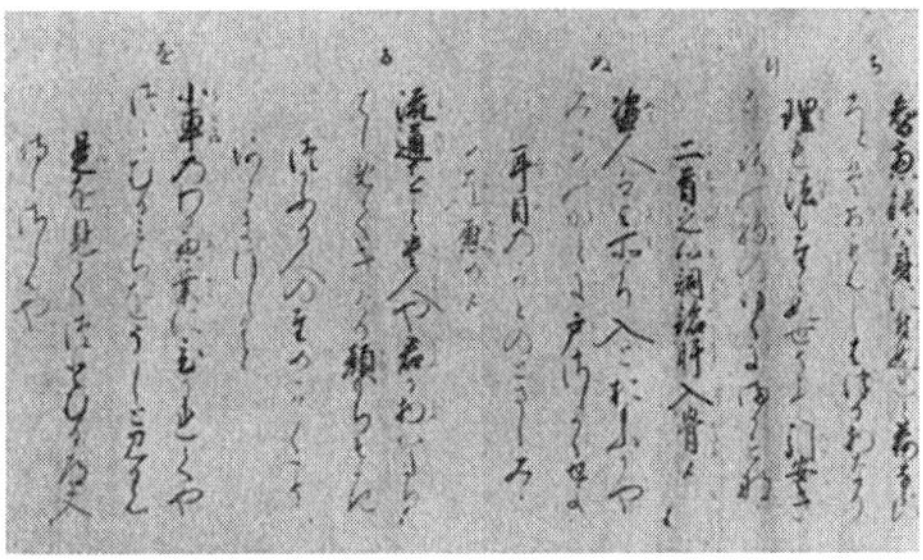

日新公いろは歌

めるのをきっかけとして、取引先が去り顧客が去り、やがて何かのアクシデントが起きて完全にこける。

余談ながら歴史を学んでいるとこのようなことも少しは見えるようになる。見えた教訓を自分のものとし、人生に活用できた者は、少なくも大きな失敗からは解放されるようだ。日新公（忠良）を始め、実績を上げ大物にのし上がった武将たちのほとんどが、『いろは歌』本文にも述べたように学問好きであり、特に歴史をしっかり学んでいることに感心させられるが、十分理由のあることなのである。その種の学習すらしない大勢の二代目三代目たちを、日新公のような逸材が圧倒し凌駕してゆくのは、考えてみれば自然の流れであると言えなくもない。

さて、勝久は実久のこの横暴ぶりを憤り、実久の姉を離縁してしまう。明らかに自分への挑戦と受け取った実久は、反乱の兵を挙げるべく準備を始めた。

勝久は重臣たちとも相談の結果、忠良を迎えて協力を仰ぐべしと一決し、ただちに使いを派遣して加勢を依頼、忠良も応じて、ここに以後十五年近くにも及ぶ、忠良勢と実久一党との戦いが始まったのである。時に忠良、三十五歳であった。

日新公の長子、貴久、本宗家を継ぐ

勝久は打ち続く動乱の世と自分の無力さに嫌気がさしたのであろうか、それとも忠良親子がことのほか気に入ったからであろうか、おそらくその両方の故であろうが、未だ二十歳代の半ばなのにもかかわらず、忠良の長男で十歳代半ばの貴久を養子として跡継ぎに指名、自らは隠居して伊作の亀丸城に移ってしまった。このとき勝久は髪を剃ったため、忠良も同様にして入道し、日新斎《じっしんさい》と号したといわれる。

これを知った実久は、与党を集めて鹿児島清水城にあった貴久を攻めてこれを追い、勝久を伊作城から連れ戻して太守の座に復せしめたが、もはや実久の傀儡《かいらい》のようであった。

勝久はその後実久と仲たがいとなり、実久に攻められて逃げ、母方の実家でもある豊後の大名、大友氏を頼って落ち延びた後、大友氏の客として四十数年を生き、その生涯を終えている。あるいは人生後半のこの四十数年は、勝久にとって最も幸せな期間だったかもしれない。

さてその間も日新公軍と実久軍は南郷城で激戦を展開したり、伊集院地域の争奪戦を展開したりするうち、次第に日新公側が優勢となってきて、天文六年（一五三七）、日新公親子は再び、今度は実力で勝ち取った鹿児島の清水城に入った。

しかし実久一党はまだまだ力を温存している。日新公はこれ以上の戦いは民を疲弊させるばかりとして、実久との講和を図るため、当時

清水城跡（清水中学校）

加世田《かせだ》別府城に拠っていた実久を訪ねて説いたが実久は従わず、あくまで太守の地位に就かんとしてむしろ日向から大隅にまで足を延ばし、各地の豪族を説いて自分の与党となってくれるよう遊説して歩いた。しかしこの遊説が実久にとっての命取りとなった。

　講和談判決裂後、日新公は加世田別府城攻略を決心、天文七年十二月、第一回目の攻撃を開始した。実久は遊説中で留守であったが、城兵らは果敢に戦い、ついに日新公側の負け戦《いくさ》となり、公もあわや命を落とすところであったが、なんとか逃げ延びて田布施の亀ケ城に帰った。

　この敗戦を大いに恥じ、反省もした日新公は綿密な戦略を立て、第一回の攻撃から十数日後の同年大晦日、決死の覚悟を決めて再び加世田別府城攻撃を開始、やはり激戦ではあったが今度は天も日新公側に味方し、翌天文八年元旦、ついに勝鬨《かちどき》の声を上げたのであった。

　後に公はこの地に六地蔵塔を建てて、敵味方の別なく、この戦いで討ち死にした者たちの菩提を弔い、後々まで厚く供養したという。公のこの思想は子孫たちにも受け継がれ、孫の義弘なども多くの供養塔を建てている。

加世田六地蔵塔

三州平定へ

この加世田別府城の戦いが、いわば両者にとっての天下分け目の戦となった。このあと実久は何とか勢いを挽回せんものと何度か抵抗を試みたが、かえって次第に勢いをなくし、まもなく実久は日新公に降伏。ここに年来の宿敵、薩州出水島津家との争いに終止符が打たれたのであった。

その後、実久をその旧領に戻し、これを安堵したという。いろは歌にもあるように恨みをもって恨みを返さずの心意気でもあったろうし、敵ながらあっぱれとの武人の心意気でもあったろう。また、室である寛庭夫人の甥であったことも大きく影響していよう。

こうして実久一党との戦いに決着を見、天文十四年（一五四五）には飫肥《おび》の豊州島津家や都城の北郷家らの有力豪族も公に服して貴久を本宗家の主として認め、ここに名実ともに日新公らによる島津家統一が完了したのであった。

公の『いろは歌』はこの頃にできあがっている。

島津一族を統一した日新公らは、さらに薩北から大隅、日向にかけての豪族たち平定に駒を進め、子の貴久兄弟や義久、義弘らの孫たちも転戦を重ねて蒲生《がもう》氏や菱刈《ひしかり》氏、肝付《きもつき》氏らを圧して次第に勢力を伸ばしていった。

やがて日向の名族、伊東氏との戦いとなり、まもなく島

島津義弘画像

津家代々の念願であった薩摩、大隅、日向の三州平定も成ろうかという永禄十一年（一五六八）、日新公は貴久らに看取られて七十七歳で病没し、生涯五十数回に及ぶ戦歴に幕を閉じたのであった。

病重く死をさとった頃「いそくなよまたととむるなわかこころさたまる風のふかぬかきりは」と詠んだという。急ぐな、しかし止まるなとは、まさに公の人生そのままであった。

日新公墓所

二、いろは歌と郷中教育

いろは歌は郷中教育の聖典

薩摩島津藩には郷中《ごじゅう》教育という、他には見られない独特の教育制度がある。薩摩武士を薩摩武士らしくし、理屈よりも行動力を重んじ、命よりも名を惜しみ、質実剛健を旨とし、団結心に富み、反骨精神旺盛な薩摩武士道は、この郷中教育の中から育まれていったと言ってよいであろう。

江戸時代を通じて連綿と続いたこの郷中教育は、やがて幕末に至って大噴火となり、西郷や大久保らの維新の元勲から、大山巌や東郷平八郎ら日清・日露戦争の大立者まで、多くの有能の士を輩出して、新生日本を、強い日本を形成した原動力となって、欧米列強からの侵食を防いでくれ、今日の先進国日本の礎となってくれたことは、すでに本文にも述べたとおりである。

この郷中教育において聖典としての役割を果たし、薩摩武士たちの精神的支柱となったのが、日新公の『いろは歌』である。

『いろは歌』は、公が島津一族を統一して一息ついた頃、学んだことやそれまでの人生体験、及びそこから得た知識や知恵をいろは四十七首の歌に詠んだもので、内容は人としての道、人の上に立つ者の心得を始めとして、武門のこと、上下の親睦、学問修養、交友関係、さらに博愛のことにまで及んでいる。

その精神、思想は儒学や仏教、神道から取り入れたものが多いが、決して精神思想に止まることなく、行動する武人としての公らしく実践的活動的であり、躍動的であることを特徴とする。

特に解説していて感ずるのは、実に陽明学的であることだ。しかし公の時代に陽明学はまだ日本に入ってきてはいない。したがってその思想を学んでいるはずはないのだが、桂庵玄樹《けいあんげんじゅ》によって朱子学は入ってきており、公もそれを学んでいる。

陽明学を説いた王陽明は行動する武人であり、陽明学は儒学の一流である。そして日新公も同じく行動する武人であり、儒学の中の朱子学

郷中教育（詮議の場）

を学んでそこから自分の思想を形成している。となれば公の思想が自然、王陽明のそれに近似してきても不思議はないであろう。

そんな公の思想精神を、郷中教育の聖典『いろは歌』で学んで育つ薩摩武士たちが、行動的活動的かつ躍動的人材に成長してゆくことは、極めて自然な流れでもあろう。

若者たちだけの自治教育組織

そして、郷中教育自体もその根源を溯れば実は日新公にたどりつく。

日新公は子弟の教育ということに特に関心があったようである。言うまでもなくそれは母、常盤の影響であろう。よく家臣の子弟たちを集めては早朝から観音経を読み、論語の講読をし、字を習い、武芸の稽古などをさせたという。自分がかつてそう指導されたようにかなり厳しく躾《しつ》けもしたようだ。

少年期にこうして公に教育された一人である島津家の忠臣新納忠元は、後にこのことを思い出し、日新公の精神を継承するために、子弟たちの切磋琢磨《せっさたくま》の場ともいうべき「咄相中《はなしあいじゅう》」という仲間組織を作り、そこで行うべき話し合いや武道のこと、精神鍛練のこと、忠孝のことその他、島津武士としての心得などを「二才咄格式定目《にせばなしかくしきじょうもく》」として示した。これが郷中教育の始まりだといわれる。

示現流

郷中とは一定の地域内のことで、各郷中ごとに青少年の自治的教育組織が作られ、そこでの教育が郷中教育と呼ばれる。

彼らは年齢別に十四、五歳から二十四、五歳までの二才《にせ》と、それ以下の稚児《ちご》に分けられ、稚児はさらに十歳から十四、五歳までの長稚児《おせちご》と、六、七歳から十歳くらいまでの小稚児《こちご》とに分かれる。二《に》才頭《せがしら》や稚児頭を中心に上の者が下の者を指導教育するシステムである。かなりのスパルタ教育であったようで、早朝は六時頃から正午まで四書五経などの学習や武道運動などの競技を行った。『いろは歌』は必ず暗記させられたという。午後は四時頃から示現流《じげんりゅう》（自顕流）の武道稽古と学習を夜六時から八時頃まで行った。もちろん一日中というわけではなく、年長者は日中は勤務その他の用事があったし、幼い者たちも昼から四時頃までは自由に遊べる時間だったそうだが、それにしてもかなりハードである。遊びも山坂達者《やまさかたっしゃ》を目指した山坂の走りくらべや軍事ごっこ、降参言わせや大将防ぎなど、剛健で勇壮な薩摩武士たることを目的としたものだったらしい。

郷中規範の中でもその中心指標は、負けるな、ウソをつくな、弱い者いじめをするな、議を言うな（理屈を言うな、実行せい）などであったという。

郷中教育の世界組織、ボーイスカウト

さて、郷中教育は選ばれた者たちだけの藩校、造士館とは異なり、身分の上下を問わず郷中内武

士の子弟の全てを包含した制度であって、軍・政・財界、あるいは教育者や学問芸術その他の各分野において活躍した多くの逸材を育てた。

どんな人物がと一々その名を挙げるのも煩わしいほど、数多くの人材が新生日本のためにその能力を発揮し行動を起こしてくれている。もちろん今日でもその流れは途絶えていない。例えば本文にも紹介した薩摩出身、京セラの稲盛和夫氏が、巨大組織の国鉄や道路公団を向こうに回して第二電電（ＤＤＩ）を作り、純民間でただ一人、孤軍奮闘したその行動力などもそうであろう。氏は、郷中教育が形を変えた「学舎」で学び育っている。

郷中教育は、明治に入っての学制改革によって学校教育の補助的制度となり、「学舎」と呼ばれる組織に変わってゆき今日に引き継がれている。ただし今日ではかつてのような青少年の自主組織ではなく、有志ら大人がその運営に当たっているのが実情のようだ。

また、郷中教育を語るとき、もう一つ付言しなければならないのはボーイスカウトのことである。ボーイスカウトとはイギリスのベーデン・パウエルによって少年の心身錬磨、社会性の涵養《かんよう》を目的として創設され、急速に全世界に普及した組織である。日本では初め少年義勇団として結成された後、正式にボーイスカウトに加盟しているが、このボーイスカウトの原型が実は薩摩の郷中教育であったことを、たまたま英国王ジョージ五世の戴冠式に参列した乃木希典《のぎまれすけ》の質問に答える形で、パウエル自身が語っている。

郷中教育はまさに世界に誇れる教育手法であった。海外で創設され世界に認められているボーイスカウト組織がそれを証明してくれた。

三、日新公と薩摩琵琶その他

薩摩には薩摩琵琶という独特な琵琶がある。医者であり国学者である橘《たちばな》南渓《なんけい》に、薩摩琵琶についての記述があるが、そこには「他の国の琵琶とは似もよらず」とか「京都などにて聞きつる平家琵琶などには似もよらず」などとあり、習おうと思ったがなかなか難しくて残念である旨が記されている。

日新公が藩士の士気高揚と修養の目的で従来の平家琵琶を改良したもので、基本的には四弦四柱、撥《ばち》は特に大きい扇状である。ほとんど直立に構えて撥で腹板を鋭くたたく手法など、いくつかの特徴があるが、士風ということで弾奏法は勇壮である。

公は「蓬莱山《ほうらいさん》」や「武蔵野」など琵琶歌も多く作っているが、『いろは歌』同様、儒学や仏教、神道の思想が色濃く入っているものが多いようだ。

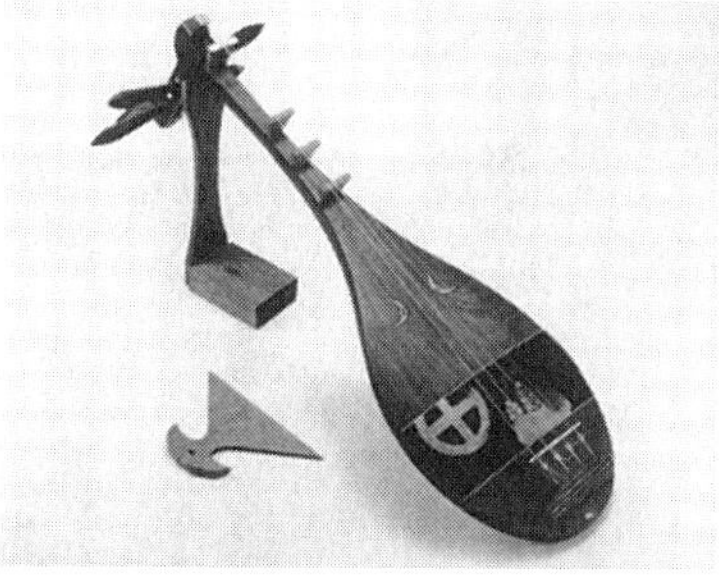
薩摩琵琶

また薩摩では二才《にせ》踊りや稚児《ちご》踊りという士踊りが今日でも行われているが、これも日新公の発案になるものだという。出陣のときの勢揃いに際して行われたものだというが、地霊を鎮め武運を祈る本来の目的のほかに、日新公の軍に独特のこの踊りを踊らせることにより、それを踊れぬスパイを見抜くねらいもあったといわれている。

以上、日新公のあれこれについて見てきたが、いろは歌にせよ郷中教育にせよ、公の残したものは大きい。

特にいろは歌は郷中教育でのみならず、藩全体がその教えを尊び、例えば主君が家臣に与える文書には「日新公の御詠歌にもかくあり」と付され、また家臣から上への文書にも、「恐れながら日新公のご教訓にも云々」と付されるのを常としたという。あるいは藩の政庁にも『い』の歌、『と』の歌、『も』の歌の三首が掲げてあり、役人たちは職務に就く前に、まずはこの三首を拝し、吟じたそうである。

二才踊り

こうして公の精神は後々まで薩摩武士たちに影響を与えた。

今日、いささか軟弱化に過ぎ、世界からの信頼も薄くなってきた日本を思うとき、今一度、今度は日本人全体に、公の精神を浸透させ、躍動させてみたいと思う。

あとがき

一、学舎と郷中教育

執筆もいくらか進んだころ、出版文化社社長、浅田氏の勧めもあり、鹿児島に取材に赴いた。取材といっても、いわゆる取材記者のような取材ではなく、案内されるままに見学してきたと言った方が当たっているが、鹿児島市や加世田市などを回るうち、次第に、来る前には想像しなかった感情に浸ってゆく自分を発見することになった。

島津藩藩主家の子孫であり、株式会社島津興業の副社長でもある島津公保《きみやす》さんに案内していただいたのであるが、行く先々の皆さんが、公保さんを島津の殿様の子孫として遇する姿に、先ず驚かされた。

当たり前と言えば当たり前なのかもしれないが、他の藩の殿様の子孫がかつての領地に行ったところで、おそらくはほとんど関心を払われないだろうことを考えると、やはり薩摩独特の歴史を思わずにはいられない。

次の驚きは学舎の方たちの熱意であった。郷中教育が明治の学制改革により形を変えたものとして残り、運営されているのが各地にある学舎である。

今日の学舎は昔の郷中教育のような青少年による自主運営ではなく、教師を定年退職された方など、地元の有志によって運営されており、中には学童保育所化しているところもあると聞く。確かに往時の郷中教育のイメージとは程遠いものではあったが、しかし有志の方たちの熱意は、年齢を若くしたならそのまま郷中教育の若者に変身するのではないかと思われるほどで、薩摩健児の意気いまだ衰えずの感を強くした。

叶うならば郷中教育精神を復活し、今一度日本のリーダーを養成してほしいものと思う。新生日本の出生に貢献したいま一つの雄藩、長州毛利藩も正規の藩校の外に存在した松下村塾によって、多くの有為の人材が輩出された。薩摩藩の郷中教育と、その存在価値においては近似するところがあろう。

今日、松下村塾を模範として設立され運営されている人材開発組織は多い。だが郷中教育を模範とした組織となるとどうだろう。

郷中教育を現代に焼き直し、二十一世紀をリードする人材を育成することは決して難しくないはずだ。それは世界に名高いボーイスカウトが、実は郷中教育をモデルにして誕生したという事実からも十分推測できる。

日新公の精神が今一度復活され、実を結ぶことを期待したい。

二、薩摩風土と明治維新

さて、もう一つはやはり薩摩の風土であり、薩摩人の気質であり、薩摩人としての誇りである。西郷や大久保ほか、幕末から維新にかけての自分たちの先祖や先輩たちが、状況によっては欧米列強によって侵食されたインドや中国の二の舞いになりかねない、まさに危機一髪の日本のために働いたという自負は、何物にも代えがたい強烈な自意識として定着しているようで、薩摩の人たちの自信ある言動にそれが感じられる。

もっとも、若者たちの場合は、今の世界と今の自分たちの歴史しか頭にないためか、彼らから薩摩の風土を感じるということはなかったが、そんな彼らとていずれ日本の歴史とそこに果たした先人の役割を自覚するとき、静かに湧き上がる自尊心に喜び浸るようになるのであろう。

薩摩健児たちの住んだ鹿児島は、県内の半分以上が火山噴火によるシラスで覆われ、土壌の生産性が極めて低い。そんな土地を領地として持たねばならなかった薩摩藩は義理にも裕福とはいえず、その貧困ゆえに苦難の歴史も繰り返されたのではあるが、しかし荒々しく力強いエネルギーは常に貧しい集団から生まれ、裕福さに慣れて活力を失った集団は彼らによって滅ぼされるという歴史の教訓が示すとおりに、薩摩武士たちは貧しさゆえに、やがて巨大な炎を吹き上げる荒々しいエネルギーをその内に蓄積していった。

しかも薩摩藩は、その地理的理由により、また密貿易によって、あるいは琉球を従属国としたことによって、中国を始め諸外国との接触が他藩に比べてはるかに頻繁であったことが、日本の最南端に位置する薩摩藩と薩摩武士たちを最も開明的、国際的にした。

さらにそのエネルギーと開明思想は郷中教育によって、かつ、そこで教えられる日新公の『いろは歌』に代表される実践的行動的儒学精神によってより純化し、より活性化されてゆく。

こうして、風土から生まれた荒々しく力強いエネルギーと、地理的その他の理由による開明的国際的な風潮と、そして郷中教育やいろは歌、陽明学派などの儒学思想に育まれた行動力とが相互に結び付いた結果が、薩摩藩と薩摩武士たちによる明治維新であったのではなかったろうか。

そんなことを思ううち、ふと自分の青春時代が思い出された。私事ながら私は十八歳の青春時に、鹿児島大学に入学する機会を掴みかけたことがある。水産学部で養殖学をやろうと思ったのだ。

だが父親は言下に反対。取り付く島もなく志は潰えた。それから二十五年程も過ぎたある日、二人で訪ねた親戚の庭の見事な樹木や花を褒めながら、父はポツリと、息子がこういうものを学びたいと言ったとき反対したが、木々や草花もいいもんだねと伯母に言った。

何のことはない、父は完全に勘違いをしていた。おそらく養殖を養植と思い、てっきり植物を育てることと思ったのだろう。今となっては大笑いの笑い話だが、鹿児島を回り、繁華街の天文館あたりを散策しながら、もしかしたら青年期をこの地で過ごしていたかもしれない自分、あるいはそのままこの地に骨を埋めることになっていたかもしれない自分を思い描いてみたら、とたんに、なにか懐かしい故郷に帰ってきたような思いに駆られたものである。

三、「いろは歌」歌碑に魅かれて公の墓

南州神社にて、西郷ら西南戦争で自刃・戦死した志士たちの墓にも参ってきた。西郷の墓を中心として両側と後ろに整然と並ぶ七百数十基の墓は圧巻でさえあり、素直に感動した。西郷軍がそのままの姿で整列し、鹿児島と日本の行く末を見守っているかのようであった。

あの西南戦争はなぜ引き起こされたのか、西郷の真の目的は何だったのだろう。多くの識者の説を伺えば伺うほどわからなくなる。『いにしへの道を聞ても唱へてもわか行ひにせすは甲斐なし』。『いろは歌』の精神を心とし、佐藤一斎ら陽明学派の訓導を己のものとして、純粋な心を体現しようとすると、自然にあの行動になるのかもしれない。

下手な理由付け、理屈付けは止めにして、素直に理解すればよいのかと最近は思う。

今回の大きな目的であった日新公の墓も参拝できた。加世田市武田にある、日新公を祭神とし公の木像を御神体として祭る竹田神社を左奥に見て歩いてゆくと、やがて公の墓のある常潤院跡に行き着くが、その途中の道の両側に『いろは歌』の歌碑が建てられている。さまざまな形の石に刻まれた歌詞は躍動的で面白い。散策しながら、自分の気に入った歌詞の前で思索にふけってみるのもまた楽しそうだ。

歌碑も終わると常潤院跡だが、その奥にひっそりと日新公の墓所はある。歌碑の道ができて公園として整備される前は荒れ果てていたそうだ。墓の前にぬかずいて目を閉じ手を合わせると、周囲の静寂な雰囲気のゆえか何やらしっとりとした感情が湧いてきて、いささか目が潤むのを覚えた。在家菩薩《ざいけぼさつ》の称号を授けられたほどの日新公である。おそらくは生前も、その人柄に接する者にしっとりと、温かいものを感じさせたのではなかったろうか。

その横には寛庭夫人の墓もある。院はなくなったが、ここは、戦乱の世を生き抜いてきた二人の憩いの場なのかもしれない。西郷ら志士たちの墓とは全く異なる雰囲気の中で、訪れる人もなく、ひっそりとただ静寂であった。

近くには日新公が長年の宿敵、薩州出水島津家の実久を打ち破り、その後自分の居城とした別府城の遺跡がある。今は昔日の面影とてなく〝つわものどもの夢のあと〟となっているが、傍らを流れる加世田川の土手に立って城跡の方に目をやると、なにやら日新公軍と実久軍双方の雄叫びが静かに囁くように流れてきたような気がした。

四、健児の象徴、桜島

墓をもう一つ。島津本宗家代々の菩提寺であり、日新公の長男で本宗家第十五代を継いだ貴久公以下の墓がある福昌寺跡をも参詣し、歴代藩主の墓に頭を垂れてきた。

どうもこちらの有名寺院は「跡」であることが多い。言うまでもなくこれは幕末・明治の廃仏毀釈《はいぶつきしゃく》運動による。先の竹田神社も、実は元は寺院であったものを廃仏毀釈によって壊された後に、日新公を慕う地元の人たちの熱意によって神社として再建されたのであった。明治政府は祭政一致を趣旨として神仏分離政策をとったが、それを受けた形で全国的に廃仏毀釈運動が展開され、寺院や仏像の破壊が行われた。

このことは教科書でさらりと学ぶ程度で今日あまり関心も持たれないが、政治的にも文化的にもこの問題は、日本人自らが行った日本歴史上の大いなる恥辱と言ってよい。今にして思えば子供の悪戯にも似た馬鹿げた行為であり運動であった。

廃仏思想はインドや中国でも時々起きている。特に中国では朱子学派による廃仏運動や政策による廃仏毀釈が展開された。日本では江戸末期に、朱子学派に神道家が加わって神国思想が湧き上がるに及んでやはり廃仏運動が強まってきたが、明治新政府が神仏分離政策をとるといっせいに燃え上がり、各地で寺院や仏像の破壊が行われたのである。

中でも富山や信濃などとともに薩摩におけるこの運動は激しく、鹿児島県内のほとんどの寺院が打ち壊され、あるいは神社に衣替えさせられたという。

福昌寺も例外ではなく、徹底的に破壊されて多くの文化財も消失した。島津家代々の菩提寺であり南九州一の大伽藍《がらん》を擁する大寺院にしてしかりである。鹿児島の廃仏毀釈がなぜこれ程徹底されたのかについては、平田篤胤《あつたね》の復古神道が浸透していたからだとか、檀家《だんか》を持つという風習があまりなかった故とか、主に武士に崇敬された寺院が多く一般民衆の支えがなかったためなど、いくつかの理由があるようだが、どれもあまり説得力があるとは思えない。もう少し研究する余地があるように思う。

さて福昌寺跡の歴代藩主の墓であるが、現在その前には高等学校が建っており、学校の裏にひっそりと、というより学校に前を塞がれ押し込められた形で、したがって日当たりも悪く薄暗い一隅に、前に立ちはだかる学校の校舎を睨みつけるようにして立ち並んでいた。

貴久公や義久公、関ケ原敵中突破の義弘公、蘭癖《らんぺき》大名といわれた重豪《しげひで》公、西郷が崇敬する斉彬公、斉彬公亡き後の薩摩藩を動かした久光公などなど、薩摩藩の歴史に、いや、日本の歴史に華々しく登場した歴々が、全く見捨てられた形で、学校の裏の狭い一隅に押し込められていた。

現在あの墓所は私有であって公の所有ではないということであるが、前を塞いで立ちはだかる校舎は公のものであろう。哀れ、というか、腹立たしい、というか、何ともやる方ない思いで頭を垂れ、合掌してその場を離れた。

フッとため息をつき、車で島津藩主の別邸であった磯御殿に向かうと、やがて雄大な桜島の姿が目の前に広がってきた。ときどき吹き上げる噴煙は生きて躍動しているようである。しばらく見ていると心の底から力強いものが湧き上がってきて、じっとしていては相済まないような、何か行動を起こしたくなるような衝動に駆られてくる。

このような雄大な風景を日々仰ぎ見て育った西郷や大久保が、自らをも雄大にし、雄大なビジョンを持って日本再生に奔走したことは、あるいは、極めて自然な流れであり行動であったのかもしれない。

薩摩藩の風土と歴史と郷中教育と、そして日新公のいろは歌とその精神は、薩摩健児のみに止まらず広く日本全国にその影響を及ぼしたことを、改めて実感した。

写真提供・協力

伊作小学校
加世田市教育委員会
尚古集成館
吹上町教育委員会
鹿児島県歴史資料センター黎明館

装丁

飯島亮介

斎藤之幸（さいとうくにゆき）
昭和 15 年、栃木県生まれ。明治大学文学部史学科卒業。昭和 51 年、マネジメントアドバイザーとして独立。現在、マネジメントアドバイザー、日本歴史学会会員。
著書に『先人に学ぶ指示・指導のカンドコロ』（日経連弘報部）、『部下を育てて自分を伸ばす』『ビジネスマンのための「言志四録」』『打たれ強い管理職 100 の鉄則』（以上、講談社）など多数。

西郷 大久保 稲盛和夫の源流　島津いろは歌

2000 年 7 月　3 日 初版第 1 刷発行
2017 年 7 月 18 日 初版第 2 刷発行

著　　者　斎藤之幸
発 行 所　株式会社出版文化社
〈東京本部〉
〒101-0051
東京都千代田区神田神保町 2-20-2　ワカヤギビル 2 階
TEL：03-3264-8811（代）　FAX：03-3264-8832
〈大阪本部〉
〒541-0056
大阪府大阪市中央区久太郎町 3-4-30　船場グランドビル 8 階
TEL：06-4704-4700（代）　FAX：06-4704-4707
〈受注センター〉
TEL：03-3264-8811　FAX：03-3264-8832
E-mail：book@shuppanbunka.com
発 行 人　浅田厚志
印刷・製本　株式会社シナノパブリッシングプレス

ISBN978-4-88338-244-6　C0034